GAMBADORO,

ou

LE JEUNE AVENTURIER;

HISTOIRE PUBLIÉE D'APRÈS DES MÉMOIRES DU 18e SIÈCLE,

Par M. Henri DUVAL.

Tous les avantages de la société ne sont-ils
pas pour les puissans et les riches? tous les
emplois ne sont-ils pas remplis par eux seuls?
toutes les grâces ne leur sont-elles pas
réservées? et l'autorité publique n'est-elle pas
toute en leur faveur?

J. J. Rousseau, *Disc. sur l'Économ. polit.*

Periere mores, jus, decus, fides.

Senec.

TOME QUATRIÈME.

PARIS,

LUGAN, LIBRAIRE, PASSAGE DU CAIRE, No 121.

1826.

GAMBADORO,

OU

LE JEUNE AVENTURIER.

4.   1323

Cet ouvrage se trouve aussi

Chez LECOINTE et DUREY, quai des Augustins;
    CORBET,   *idem.*
    PIGOREAU, place St.-Germain-l'Auxerrois;
    VERNABEL et TENON, rue Hautefeuille ;
    BOUQUIN DE LA SOUCHE, boulevart Saint-
    Martin.

GAMBADORO,

ou

LE JEUNE AVENTURIER.

HISTOIRE PUBLIÉE D'APRÈS DES MÉMOIRES DU 18ᵉ SIÈCLE.

Par M. Henri DUVAL.

> Tous les avantages de la société ne sont-ils
> pas pour les puissans et les riches ? tous les
> emplois ne sont-ils pas remplis par eux seuls ?
> toutes les grâces ne leur sont-elles pas réservées ?
> et l'autorité publique n'est-t-elle pas toute en
> leur faveur ?
>
> J.-J. Rousseau, *Disc. sur l'Économ. polit.*
>
> Periere mores, jus, decus, fides.
> Sénec.

TOME QUATRIÈME.

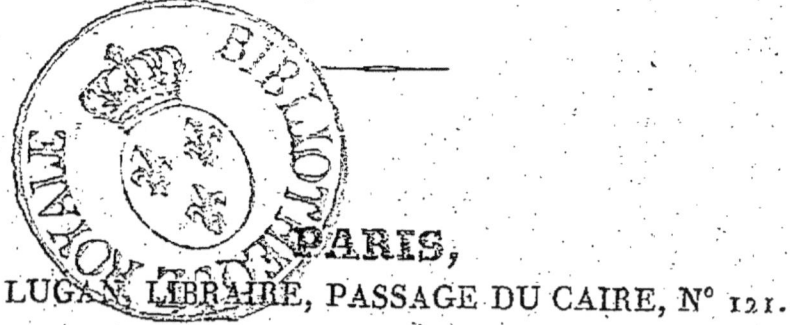

PARIS,

LUGAN, LIBRAIRE, PASSAGE DU CAIRE, Nº 121.

1826.

IMPRIMERIE DE DAVID,
BOULEVART POISSONNIÈRE, N° 6.

GAMBADORO.

CHAPITRE Iᵉʳ.

———

A LA vue du château de Plouguelzenec,
et en songeant qu'il devait y faire un séjour
plus ou moins long, Edouard ne put se
défendre d'une sensation pénible. Il était
chargé par madame de Norbelles, de remettre une lettre qu'elle écrivait à son
procureur fiscal, titre qui répond à celui
de bailli dans plusieurs autres provinces;
c'est-à-dire, qu'il était établi pour maintenir les droits du seigneur, et exercer la
justice en son nom. De plus, M. Kermargat
(c'est ainsi qu'il s'appelait), était régisseur
des terres dépendantes de la seigneurie.

Le procureur fiscal habitait un bâti-
ment qui faisait partie des dépendances

du château. C'était à peu près le seul qu'on eût garanti contre les injures de l'air ; encore offrait-il partout des traces de sa vétusté. Au reste, on ne s'était guère occupé du soin d'embellir cette habitation. Son plus bel ornement au dehors, consistait dans une nombreuse collection de pièces de gibier desséchées qu'on y avait ajustées avec art : insignes révérés du plus noble des priviléges seigneuriaux.

Edouard s'attendait bien à trouver dans M. Kermargat un homme très pénétré de l'importance de ses fonctions, devenu fort arrogant par l'habitude de ne communiquer qu'avec d'humbles vassaux, et de plus, très-exact à les pressurer. En le voyant, il fut obligé d'abandonner une partie de ses préventions. Le procureur fiscal l'accueillit avec une politesse calme, et même froide, mais sans aucun mélange d'impertinences ; et, quoiqu'il le prît ensuite pour un homme de qualité, il n'eut point non plus le ton d'un servile respect dans les égards qu'il lui témoigna :

ce qui devait arriver rarement parmi ses pareils.

Le voyageur lui remit la lettre de créance : « C'est fort bien, dit tranquillement le procureur fiscal après l'avoir lue ; les ordres de madame la comtesse seront suivis. Quoique je lui rende régulièrement mes comptes chaque année, elle a bien le droit de penser qu'elle n'est pas exactement instruite de la vérité. — N'allez pas croire, monsieur, répondit Edouard avec chaleur, qu'elle ait aucun doute sur la fidélité de vos comptes. Sa confiance en vous est entière. Ne voyez donc, je vous en prie, rien d'injurieux à votre honneur dans la mission dont elle m'a chargé. — Je lui suis obligé de la justice qu'elle me rend. Au surplus, je suis toujours préparé à tout examen de ma gestion ; je l'avouerai cependant ; je ne suis pas tout à fait à l'abri d'un reproche. — D'un reproche ! — Oui, j'ai un tort qui paraîtrait fort grave à la plupart des seigneurs. — Votre franchise me fait présumer que ce tort est pourtant

I.

bien léger. J'ignore comment en jugera madame la comtesse; mais je dois dire la vérité. — Voici ce dont il s'agit : les terres de ce domaine, quoiqu'elles soient en général d'une qualité médiocre, pourraient néanmoins donner un revenu plus considérable, à en juger par le fermage des terres, dans beaucoup d'autres fiefs. Il eut donc été possible, à la rigueur, d'augmenter dans celui-ci le prix des fermes; car les fermiers refusent rarement de renouveler un bail à un taux plus élevé, parce qu'ils ont besoin de travail, qu'ils sont persuadés qu'on les remplacerait facilement, et enfin qu'ils comptent toujours sur quelque circonstance favorable à leur exploitation. Il se peut en effet que, malgré des conditions onéreuses, ils parviennent à payer pendant quelques années, en poussant les travaux au-delà de leurs forces, et en se privant du nécessaire; mais presque toujours ils succombent à la peine; et ce qu'ils possèdent ne suffit pas pour indemniser le propriétaire de la perte qu'ils lui causent en se ruinant eux-mêmes. D'après une longue expérience, j'ai cru plus utile aux intérêts de madame, faisant même abstraction des raisons d'humanité, de tenir le prix des fermes à un taux convenable à la valeur des terres. Au reste, monsieur, vous pouvez voir que ses fermiers, quoique moins misérables que beaucoup d'autres, sont encore assez malheureux. — Quoi! monsieur, voilà les torts que vous vous reprochez! Ah! vous connaissez mal madame de Norbelles, si vous croyez qu'elle pourrait vous en blâmer, lors même qu'elle éprouverait quelque perte.... — Ecoutez-moi, interrompit le Breton, ce n'est pas tout. Je dois avouer encore que je n'ai pas mis dans la perception des droits et redevances dus par les vassaux, toute la fermeté qui était peut-être nécessaire, celle qui du moins est employée par mes confrères. Ces droits sont si nombreux, il y en a de si oppressifs, qu'il m'a quelquefois été impossible...... mais les intérêts de madame n'en souffriront pas; vous le verrez par mes comptes. »

En disant tout cela, le procureur fiscal avait un ton froid et presque dur qui étonnait son interlocuteur autant que sa conduite elle-même. — Comment! monsieur, répondit Edouard, vous voudriez supporter la perte qui se trouve dans les revenus de ce domaine? — Oui, je dois subir la peine d'une faute. — Il n'en sera pas ainsi; je vous l'assure. Oh! vous ne savez pas combien madame de Norbelles est bonne, juste et généreuse! — Je ne la connais pas, il est vrai; et je crois n'avoir jamais reçu qu'une lettre d'elle. C'est à un intendant, et le plus souvent à monsieur le marquis de Blazieux... — Le marquis de Blazieux? — Oui, le curateur de madame, à qui j'ai eu seulement affaire. J'ai jugé d'après eux que ses intentions.... — Vous les connaîtrez mieux. Bon Dieu! sa seule crainte était que vous n'eussiez mis trop de rigueur dans vos fonctions. Quelle était son erreur! Sans doute elle désire que ses terres soient mises à leur véritable valeur; mais par des améliorations, par des moyens favorables à la culture, et non par le malheur de ses vassaux. C'est aussi le principal objet de mon voyage; et je suis trop heureux de trouver en vous une personne si digne de seconder les vues généreuses de madame la comtesse. — Je suis flatté de ce que vous me dites d'obligeant; l'éloge de madame, me fait surtout plaisir à entendre. Je pourrai donc sans crainte continuer de faire quelque bien en son nom; car, observez que c'est son nom que j'ai toujours voulu faire chérir et respecter.»

Edouard, après avoir rendu hommage aux sentimens de M. Kermargat, s'occupa de prendre avec lui les arrangemens nécessaires pour faire un séjour de quelque temps au château. «Le château, dit le procureur fiscal, est, comme vous pouvez en juger, en état de ruines — Et d'où vient, monsieur, qu'on a négligé d'entretenir une construction qui dut être autrefois belle et imposante ? — Depuis longues années, ce domaine a cessé d'appartenir à la famille des premiers posses-

seurs. Il a passé successivement à des
personnes étrangères à cette province,
qu'aucun intérêt n'engageait sans doute
à venir l'habiter. Il faut dire aussi qu'il
se trouve éloigné des grandes routes, avec
lesquelles il n'a que des communications
difficiles ; ce qui, dans les siècles passés,
était assez indifférent aux nobles châte-
lains qui ne voyageaient qu'à cheval. Les
gens du pays n'ont pas manqué de mettre
sur le compte des revenans ou des lutins,
le complet abandon où on a laissé si long-
temps le château ; car les bas-Bretons
sont plus superstitieux encore que le
peuple de beaucoup d'autres provinces.
Aussi, les fables qu'on a débitées à ce sujet,
se sont fidèlement conservées par la tradi-
dition. Mais aucun événement extraordinaire n'a servi de fondement à de telles
fables, si ce n'est le bruit qu'ont pu faire
entendre, ou des contrebandiers, ou des
vagabonds qui auraient choisi leur retraite dans les souterrains du château.
Au reste, depuis que j'habite ce domaine,
j'ai pris les précautions les plus sûres

pour rendre l'entrée de ces souterrains
impraticable. — Ainsi, monsieur, le château est tout-à-fait inhabitable? — Il s'y
trouve bien, dans une partie moins dé-
tériorée que les autres, un appartement
qu'on avait réservé pour ceux des propriétaires ou de leurs agens qui auraient
eu besoin de faire un séjour à Plouguelzenec ; mais, depuis long-temps, je n'ai
reçu aucun ordre pour l'entretenir ; et il
doit être en fort mauvais état. Cependant,
si vous désirez vous y établir, j'y ferai
faire tous les arrangemens convenables ;
vous ne verrez que trop, au reste, que
pour tous les besoins, ou les agrémens de
la vie, on est ici plus loin de Paris qu'on
ne l'est aux extrémités de l'Europe. »

CHAPITRE II.

Notre héros remercia M. Kermargat, et accepta son offre avec reconnaissance. Edouard avait pris son parti sur les inconvéniens de son voyage. Le seul auquel il pût être sensible, était son éloignement d'un ami qui lui tenait lieu de père, et d'une femme adorée dont rien ne pouvait remplacer la présence. Ah! que cette contrée sauvage aurait été riante à ses yeux, habitée par celle qui en était la souveraine. Si du moins, elle y eut déjà passé quelques instans de sa vie, il chercherait la trace de ses pas; il interrogerait jusqu'aux objets inanimés qu'elle aurait vus ou touchés, jusqu'à l'air qu'elle aurait déjà respiré. Ces témoins muets

de la présence de Lucie, s'animeraient
tout-à-coup pour lui parler d'elle; mais,
hélas! il n'avait pas cette magique consolation de l'absence. Ses yeux ne pouvaient
se reposer que sur de tristes ruines, sur
des rochers arides, sur une mer sans
bornes; et, comme aucun de ces objets
n'avaient fixé les regards de son amie,
leur sombre aspect ne faisait qu'accroître
l'amertume de ses regrets.

Rien ne paraissait propre à occuper
son cœur dans cette retraite solitaire, il
lui fallait au moins des distractions pour
l'esprit. Et où les trouverait-il ? M. Kermargat était un honnête homme, sans
doute, mais son intelligence et son instruction devaient naturellement être cir-
conscrites dans les bornes de ses devoirs
et de ses habitudes. Sa famille, composée
d'une mère respectable et de deux filles
assez jolies à la vérité, pouvait-elle remplacer, pour notre héros, ces cercles
brillans, et ces plaisirs animés de la capitale; surtout, ces doux entretiens avec
la plus aimable des femmes? Et puis,

point de livres, point d'instrumens de musique. Dans la disette de distractions dont il se voyait menacé, tout autre à sa place, aurait songé, pour passer le temps, à séduire et déshonorer quelques filles du pays; par exemple, celles du bon Kermargat. Quel jeune homme y aurait manqué dans ce siècle de galanterie ! Notre héros n'en eut pas du tout la pensée. Il aurait dû au moins avoir recours à la ressource des nobles campagnards, ou des courtisans disgrâciés qui deviennent tout-à-coup des sages ; c'est-à-dire, aux plaisirs de la chasse, de la pêche, de l'agriculture ; et le bon procureur fiscal, qui s'y entendait fort bien, lui aurait rendu ces exercices agréables; mais, à la grande surprise du régisseur, Edouard ne s'y livra qu'avec beaucoup de réserve ; et il lui montra même le désir de vivre, autant qu'il serait possible, dans une retraite absolue. Heureusement, il s'était trompé en croyant qu'il ne trouverait, dans son exil, aucune ressource pour son amusement ou pour son instruction. Bientôt, il

econnut que M. Kermargat joignait
beaucoup de connaissances utiles à un
rare bon sens ; qu'il possédait des livres
bien choisis dont il raisonnait avec discernement. Enfin, notre jeune Parisien,
qui, à la vue des paysans, et d'après
leur langage, se croyait souvent transporté au fond de la Laponie, dut écouter
avec une sorte d'admiration, un homme
dont les discours auraient fait honneur à
plus d'un membre de nos sociétés savantes.

Quoiqu'Édouard connût assez bien
l'histoire générale de la France, il ne s'é-
tait guère occupé des faits historiques
particuliers à la Bretagne, supposant
qu'ils ne valaient guère la peine d'être
connus ; et il avait cela de commun avec
des hommes plus savans que lui (1). Le

---

(1) Ce n'est guère qu'à la fin du dernier siècle
qu'on a songé à fixer l'attention sur l'histoire, et
sur les mœurs de la Bretagne, où il existe réellement des monumens de la plus haute antiquité, et
dont les habitans ont une physionomie si caractérisée. Malheureusement, parmi les Bretons

costume, la physionomie, le langage e
les mœurs bas-bretons l'avaient à la vérit'
frappé; mais il était, comme toutes le
personnes qui voyagent en Bretagne, plus
disposé à rire de leur singularité qu'à en
apprendre les causes. Il lui arriva une foi
de parler un peu légèrement devan
M. de Kermargat de la rudesse apparente
des paysans, et surtout de leur jargon
barbare. Quelle fut sa surprise, lorsque
l'honnête Breton, qui jusqu'alors n'avait
montré qu'une douce et franche cordialité, prit tout à coup un air dédaigneux
et presque courroucé! Il ne sortit point

---

très-recommandables qui ont écrit, il ne s'est
pas trouvé d'hommes assez imposans par une ré-
putation académique, pour trouver crédit auprès
de nos érudits en titre. Peut-être aussi quelques-uns, par un orgueil national, ou si l'on
veut, de terroir, sont-ils tombés dans l'exagé-
ration et dans les égaremens de l'esprit de système? Mais il est certain que l'on a commencé
par se moquer de leurs opinions, sans daigner
en examiner les preuves.

cependant des bornes de la politesse, et il se contenta de lui dire froidement : « Monsieur, vous n'espériez pas, sans doute, trouver dans cette province les mœurs et les usages de Paris? Prenez y garde : ces hommes ridicules sont les descendans de ces peuples fameux sous le nom de Celtes, Celto-Scythes, qui ont occupé l'Europe entière, et une partie de l'Asie. Les habitans de l'Armorique (ancien et véritable nom de notre province) partagent seuls, avec quelques cantons du pays de Galles en Angleterre, l'honneur d'avoir conservé la physionomie, le caractère, et beaucoup d'usages des Celtes leurs ancêtres. Ils ont constamment défendu leur indépendance contre les conquérans qui ont successivement subjugué les Gaules. Non, monsieur, ils n'ont jamais été complètement soumis; et peut-être seraient-ils encore indépendans aujourd'hui, si la Bretagne n'eût été, pour son malheur, réunie à la couronne de France, par le mariage de la duchesse Anne avec Louis XII.

Quant à la langue de notre pays, qui ne vous paraît être qu'un jargon barbare, elle est le véritable gallo-celtique, langue-mère de tous les idiomes d'Occident. Vous en retrouvez les traces en Italie, en Espagne, en Grèce, partout où les Gaulois ont établi des colonies. Vous, monsieur, qui parlez un fort bon français, vous ne dites pas dix mots sans qu'il ne s'en trouve quelqu'un qui ait sa racine dans le gallo-breton. Pardonnez, ajouta M. Kermargat en reprenant tout-à-fait le calme qui lui était naturel, la chaleur que j'aurai pu mettre à soutenir nos prétentions à l'antiquité de notre origine. Elles vous paraîtront peut-être, comme à beaucoup d'autres, provenir d'une vanité puérile ; cependant, il faut bien qu'une opinion commune à tous les habitans d'une grande province ait un fondement plus raisonnable qu'une vaine gloriole. Et en effet elle est fondée sur l'histoire et sur nos monumens : c'est ce qu'on saura tôt ou tard. »

Édouard avait touché, sans le savoir,

une corde sensible pour les Bretons, surtout pour M. Kermargat, qui s'adonnait
entièrement à l'étude des antiquités gau-
loises, et qui, de plus, composait un livre
sur cette matière. Pour réparer son indis-
crétion, il mit une complaisance aimable
à entrer dans les idées du bon Gallo Celte.
Il tâcha de se rappeler des passages de
Strabon, de Justin, de Denis d'Halycar-
nasse, des Commentaires de César qui ont
rapport aux Celtes et aux Gaulois: et il en
cita quelques-uns en l'honneur de leurs
descendans les bas-Bretons. Il fut même
assez heureux pour se souvenir d'un trait
d'histoire singulier qui se trouvait là bien
à sa place. Le voici : « César, pendant une
de ses expéditions dans la Gaule celtique,
se trouva seul et démonté au milieu d'un
parti de Gaulois. Il aurait infailliblement
été tué, lorsque, s'adressant à un cavalier
de cette nation, il lui dit : « Sauve César. »
Aussitôt ce cavalier, soit par un mouvement généreux, soit par l'espoir d'une
récompense, enleva d'une main le conqué-
rant des Gaules, le futur destructeur de

1*

la liberté romaine, et, le plaçant sur ses
genoux, il le tira sain et sauf de la mêlée.»

Après avoir entendu cette citation,
M. Kermargat ajouta en soupirant : «Ainsi
le sort du monde a dépendu de la volonté
d'un soldat gaulois! Sans lui, nous aurions
une autre histoire, et peut-être la république romaine existerait encore. Au surplus, ce n'est ni le courage ni la force qui
manquaient à nos ancêtres; ils ont été
plutôt subjugués par leurs propres armes
que par celles des Romains; mais, hélas!
nous en sommes réduits à ne savoir de
leur histoire que ce qu'en ont dit leurs
vainqueurs. Il n'existe aucun ouvrage d'é-
crivains gaulois. Des Romains auraient-
ils anéanti les histoires nationales des
peuples qu'ils ont soumis? Je ne sais :
il est plus probable cependant que la
privation de ces histoires dépend d'une
autre cause. Les druides, qui s'étaient
réservé le privilége des sciences, ont
seuls composé des livres; et, comme ils
se servaient d'une langue mystérieuse

connue seulement de leurs adeptes, les
écrits de ces tyrans religieux n'ont pu être
transmis à la postérité. Cependant, ce qui
nous reste de documens historiques suffit
pour démontrer les rapports frappans qui
existent entre nos Bretons et les Gallo-
Celtes, dans les usages, les mœurs, le
caractère et la constitution physique. Les
habitans de l'Armorique sont à peu près
ce qu'ils étaient il y a deux mille ans; et
tels ils seront long-temps encore; car leur
persévérance, ou, si l'on veut, l'obstina-
tion qu'ils mettent à garder leurs usages
comme leurs opinions, est un des principaux traits de leur caractère. Au reste, ces
hommes ont d'éminentes qualités : ce sont
les plus robustes des Français (1). Cités

_____

(1) Voici un adage très-ancien sur la force
des bas-Bretons : *Quam terribiles sunt Britones
quando dicunt. Torr-é-ben* (frappe sur la tête).
Ils se servent avec beaucoup de dextérité d'un
bâton ou massue qu'il nomment *pen-bas.* ils en
portent des coups terribles sur la tête. Il n'y a
qu'eux-mêmes qui puissent y résister. Aussi, a-

parmi les plus braves soldats et les plus
intrépides marins, ils sont francs, dévoués,
fermes dans leurs résolutions ; et ce n'est
guère chez eux qu'on va recruter des
traîtres ou des espions. C'est avec douleur
qu'on voit de tels hommes, courbés sous
le poids du régime féodal le plus dur, s'a-
brutir par la misère et par la servitude. »

Édouard ayant paru écouter avec intérêt les dissertations de M. Kermargat sur
l'histoire de l'Armorique, se raccommoda
bientôt avec l'honnête Gallo - Celte ; et
comme elles n'étaient pas le seul sujet de
leurs entretiens, il finit par trouver dans
sa société, dans celle de sa famille, et dans
ses lectures, des distractions aussi douces
que sa situation pouvait le lui permettre.

---

t-on remarqué qu'ils ont le crâne d'une épais-
seur extraordinaire. Ils sont de plus, les meil-
eurs lutteurs de l'Europe.

CHAPITRE III.

ÉDOUARD aurait supporté facilement son exil s'il en eût aperçu le terme; mais il était, à cet égard, dans une incertitude qui devenait chaque jour plus pénible. Madame de Norbelles, tout en lui donnant l'assurance que les tribunaux avaient cessé de mettre de l'activité dans leurs pour-suites sur l'affaire du duel, ne croyait pas qu'il fût encore prudent pour lui de quit-ter sa retraite ; elle lui apprit enfin qu'il était menacé d'un nouveau danger. « Le marquis, lui écrivait-elle, et, à son insti-gation, des personnes de ma propre fa-mille, ont sollicité une lettre de cachet (1)

---

(1) Depuis que MM. de Malesherbes et Tur-

contre vous. Grand Dieu! pourrai-je vous
garantir du coup affreux qu'on veut vous
porter. De tels coups partent de haut:
dirigés dans l'ombre, il est bien difficile
de les parer. Hélas! si, malgré mes efforts,
celui qui nous menace venait à vous at-
teindre..... Ah! mes ennemis se trompent,
s'ils pensent, en vous persécutant, me séparer de vous : ils me rendent plus cher
encore le jeune infortuné dont moi seule
ai troublé l'heureuse vie ; je le suivrais
dans l'horreur d'une prison, et si je ne

---

got étaient entrés au ministère, il se distribuait
moins de lettres de cachet. Mais comme M. de la
Vrillière y était resté, il s'en distribuait encore
un assez grand nombre. Ce ministre ne pouvait
guère renoncer à de douces habitudes de quarante ans. Tout le monde sait avec quelle lar-
gesse il accordait des lettres de cachet sur la fin
du règne de Louis XV, à ses amis et aux amis de
ses amis qui en demandaient. Afin de ne pas trop
les faire languir, on avait fini par se passer de la
signature du Roi pour ces lettres : au moyen
d'une simple griffe, on portait à l'insçu du monar-
que, le désespoir et la mort dans les familles.

pouvais briser ses chaînes, j'en supporterais le poids avec lui.... Mais les cruels ne triomphent point encore : peut-être que le moment où ils croiront me frapper sera celui qui assurera le bonheur de tous les deux.... »

Le pauvre Édouard avait donc de graves sujets d'inquiétude; et les tendres assurances de dévouement que lui donnait la comtesse ne servaient qu'à redoubler ses alarmes; car plus cette généreuse amie avait de droits à son amour, moins il eût voulu l'enchaîner à sa malheureuse destinée. Il s'efforçait, au contraire, de bannir de son cœur tout espoir d'occuper désormais aucune place près d'elle. Pouvait-il consentir à chercher son bonheur dans l'humiliation et dans les chagrins d'une femme si chère ? Non. Il la voyait donc à jamais perdue pour lui; et alors quelle était sa douleur ! combien était pénible le sacrifice de ses plus riantes espérances ! d'autant plus pénible qu'il était volontaire; car on s'affermit facilement contre un malheur forcé; on se résigne à la plus cruelle

loi de la nécessité ; on brave avec courage
une grande infortune, et la mort même,
par l'appât de la gloire ou d'une récompense, ou seulement pour mériter l'estime
publique ; mais que l'âme se trouve faible
à repousser le bonheur, quand elle tire sa
seule force d'un simple sentiment de déli-
catesse, d'un devoir dont on vous tient
peu de compte dans le monde, et qui trop
souvent y passe pour une duperie. On doit
donc apprécier les combats qu'Edouard
eut à soutenir pour résister aux puissantes
séductions de l'amour et de la fortune.

Tout conspirait encore dans sa solitude
pour entretenir sa tristesse, pour le livrer
à de longs accès de mélancolie ; non celle
qui emprunte un charme secret d'anciens
souvenirs et de vagues espérances, mais
cette mélancolie sombre, accablante, qui
se nourrit et s'accroît de sa propre amertume, et finit souvent par affaisser tous
les ressorts de la vie. Le silence de la mort
qui régnait autour du vieux manoir, n'é-
tait guère interrompu que par le siffle-
ment des vents, qui parvenaient à son

oreille comme des gémissemens de douleur, par le bruit menaçant des vagues de
la mer, ou par le funèbre cri des oiseaux
de nuit. Alors de sombres images entraient
en foule dans son imagination ; et l'avenir
ne s'y présentait que sous le plus sinistre
aspect ; toutefois il ne se laissa point abattre
par ces fâcheux présages qui assiégent une
âme affaiblie ; et il employa, pour les repousser, toutes les ressources de son âge
et de sa raison. Les livres surtout, ces
amis fidèles de l'homme qui en connaît
le prix, lui offraient sinon des consolations efficaces, au moins d'utiles distractions.

Il avait veillé un soir plus que de cou-
tume, occupé de la lecture d'un ouvrage
sérieux : c'était un de ces immenses réper-
toires d'injustices, de perfidie, d'attentats
aux lois divines et humaines, qu'on dit
être fort précieux pour l'instruction des
peuples. Il lisait enfin une de ces belles
histoires nationales (tel est le nom qu'on
donne au récit des faits et gestes d'un sou-
verain, et de ses ministres). Et il se li-

vrait à des réflexions philosophiques sur
la destinée des peuples, quand un bruit
inaccoutumé vint frapper son oreille. En
y prêtant son attention, il entendit le
pas de plusieurs personnes retentir dans
la partie du château qu'il habitait. Étonné
d'un incident si nouveau, il ne l'imputa
point pourtant à des revenans, ou même
à des voleurs; mais en se rappelant les
informations qu'il avait reçues de madame de Norbelles, il supposa que des
agens de police venaient pour l'arrêter;
ne s'arrêtant pas à cette idée, il pensa
ensuite que le marquis ayant découvert
sa retraite, avait bien pu dépêcher des
émissaires pour lui faire un mauvais
parti. Dès-lors, il résolut de vendre chèrement sa vie, et prépara ses armes pour
se défendre. Cependant, le bruit qu'il
avait entendu, se rapprochait de plus en
plus, et bientôt on vint frapper à sa
porte; mais avec une sorte de précaution. Il n'ouvrit point, et l'on frappa plus
fort. A la fin il s'entendit appeler; et en
reconnaissant la voix de M. Kermargat,

il perdit une partie de ses appréhensions : une partie seulement ; car il craignit encore que le bon régisseur n'eût été forcé de conduire vers lui quelque agent de l'autorité. Il ouvrit néanmoins sa porte ; et il aperçut.... (alors il crut faire un songe); la comtesse qui accompagnait M. Kermargat. Elle était en habit de cheval ; tous ses traits exprimaient une vive émotion. Edouard resta un moment stupéfait de surprise et de joie. Il allait cependant manifester les sentimens qui remplissaient son cœur, lorsque madame de Norbelles lui dit, en cherchant à réprimer son agitation : « Mon cher cousin, ma présence ici doit vous surprendre. Vous allez en apprendre le motif. M. Kermargat sait déjà tout l'intérêt que je prends à votre situation ; et il est prêt à nous seconder pour vous faire échapper au danger qui vous menace. Vos ennemis, après avoir surpris un ordre du roi pour vous arrêter, sont parvenus à découvrir votre retraite. Aussitôt, un exempt de police a été expédié de Paris même pour

vous porter cet ordre ; tant on met de
soins et d'importance à vous perdre.
Vous êtes destiné... Aurais-je pu prévoir
jamais une telle indignité ! à être embarqué
pour les Iles avec une troupe de misérables. Heureusement j'ai connu cet horrible
projet assez à temps pour qu'il m'ait été
possible de devancer l'exempt de police
chargé de vous arrêter. — « Ah! madame,
dit alors Édouard profondément ému par
les nouvelles que lui apprenait la comtesse,
et surtout par son tendre dévouement :
fut-il jamais tant de bonté, tant de vertus.
Vous avez bravé les incommodités et les
périls d'un long voyage pour sauver un
homme qui... — Est mon parent. N'était-
ce pas un devoir pour moi ? Combien de
fois j'ai tremblé d'arriver trop tard. Et
pourtant j'aurais eu ce malheur peut-être
si l'un de mes domestiques qui est de ce
pays ne m'eût pas accompagnée. Tôt ou
tard, je n'en doute pas, j'obtiendrai la
révocation de l'ordre infâme qui menace
votre honneur et votre liberté. Mais, hélas!
elle arriverait trop tard. Il faut donc vous

éloigner sans perdre de temps. Une personne de confiance est déjà partie pour
arrêter une barque de pêcheur qui vous
transportera en peu d'heures à l'île de
Jersey. Quoiqu'il ne soit pas probable
qu'on ait pris des mesures pour vous
surprendre ici avant le jour, je désire que
vous partiez aussitôt que tout sera prêt
pour votre uite. »

Pendant le discours de la comtesse,
Édouard avait eu beaucoup de peine à
contenir l'élan de sa reconnaissance. La
présence de M. Kermargat l'obligeait à la
renfermer dans de justes bornes. Mais il
lui fut bientôt permis d'épancher librement les sentimens qui débordaient son
cœur. Un domestique vint chercher le
bon régisseur pour qu'il s'occupât des
dispositions que rendait nécessaires dans
la maison, l'arrivée de madame de Norbelles et de ses gens. Aussitôt qu'il fût
sorti, notre héros saisit une des mains de
sa noble amie, et la posant sur son cœur,
il lui dit avec l'expression d'une sensibilité
pénétrante : « Oh! la plus généreuse des

femmes, je vous revois donc encore, et c'est pour recevoir un nouveau bienfait. Vous apparaissez à mes yeux comme une créature céleste qui veille à mon bonheur. Mais ne vous lasserez-vous pas de lutter contre le destin qui me poursuit. Hélas! vous le voyez, il s'obstine à me séparer de vous.... Lucie! abandonnez un malheureux qui vous a déjà coûté trop de sacrifices.— Jamais! Edouard, s'écria la comtesse avec enthousiasme. Le sort en est jeté; mon existence est pour toujours liée à la vôtre. Moi, vous abandonner! moi, l'unique cause de vos malheurs! Ah! pourriez-vous m'en supposer la pensée? Je l'ai juré, cher Edouard; que le ciel entende mon serment! je serai la compagne de votre vie, votre épouse; ou vous aurez rejeté ma main; et me trouvant alors un objet de mépris, je ne survivrai pas à mon désespoir........

— Vous! Lucie, mon épouse! Vous, unie à un homme sans nom, sans famille......

— Et moi, ai-je maintenant une famille? Puis-je appeler ainsi des parens injustes

et avides, des ingrats qui ont conspiré
pour m'enchaîner au plus vil des hommes. O ciel! et ce serait pour satisfaire
une telle famille, pour conserver un vain
titre, que j'abandonnerais l'être si cher
qui a sauvé mes jours ; qui, le premier,
m'a ouvert les yeux sur la dépravation
d'un monde où je n'ai trouvé que des sentimens factices et des plaisirs corrupteurs.
Il faudrait vous laisser quand vous êtes
sur le bord d'un précipice où je vous ai
entraîné! — Ah! Lucie, il le faut pour
n'y pas tomber vous-même, pour vous
soustraire à la honte. Jamais! non, jamais, je ne vous ferai partager le déshonneur..... — Le déshonneur! grand Dieu!
l'honneur dépend-il donc de la volonté
de quelque despote subalterne? Non,
aucune puissance au monde ne pourrait
vous ravir l'estime des gens de bien, et
surtout vos titres à ma reconnaissance et
à mon amour. Et s'il était vrai que j'eusse
à redouter, dans ma patrie, les effets
d'un cruel préjugé, suis-je donc obligée
d'y subir cette injustice? Est-il difficile

de trouver une contrée plus heureuse, où
le mérite et les vertus sociales soient justement appréciés, où je pourrais m'énor-
gueillir, moi, d'être votre épouse? Ah!
si dans une retraite ignorée, je savais
mêler quelques jours de bonheur à ceux
qui vous sont réservés, qu'aurais-je donc
encore à désirer sur la terre? — Arrêtez,
Lucie! Cruelle enchanteresse! ne me faites plus entendre cette voix qui trouble
ma raison. Par pitié, cessez de m'offrir
l'image d'un bonheur qui n'est pas fait
pour moi, qui serait, à chaque instant,
empoisonné par le sentiment de votre
humiliation. Trop généreuse amie, laissez-
moi subir seul ma destinée. J'aurai peut-
être assez de force pour supporter mes
peines. Du moins, une pensée conso-
lante viendra soutenir mon courage. Oui,
fussai-je condamné à traîner mes jours
dans la misère, à les voir se flétrir dans
l'ignominie, je me croirai moins à plaindre si je puis me dire : « Eh bien! j'ai
» fait mon devoir. Lucie, tout entière à
» l'honneur, me conserve son estime; elle

» n'oubliera point que je refusai le sacri-
» fice qu'elle m'offrait de tous ses droits à
» l'amour et à l'admiration des hommes ;
» et peut-être, du sein de la félicité, bé-
» nira-t-elle la mémoire du pauvre orphe-
» lin qui lui fut cher un jour. » Oh ! Lucie !
j'en atteste le ciel ! je t'aurais choisie avec
orgueil pour la compagne de ma vie, si
j'eusse été ton égal ; que dis-je ? si le hasard m'eût placé sur un trône ; mais je
n'ai à te donner que mon indigence, et
mon abjection. Malheur à la main qui
t'offrirait de tels présens. Il faut nous
séparer...... Hélas ! pour toujours. Adieu!
Lucie...... madame de Norbelles, je vous
dis adieu. »

Après ces mots, Edouard, ne pouvant
résister à son émotion, fut obligé de s'as-
seoir ; sa main, sur laquelle il avait posé
la tête, était arrosée de ses larmes. En
même temps la comtesse devint pâle et
tremblante. Lorsque les sanglots qui arrêtaient sa voix lui permirent de se faire
entendre, elle dit à son amant en fixant sur
lui des regards pleins d'une touchante dou-

leur: « Tu t'abuses, cruel jeune homme, si tu crois m'avoir persuadée; tu n'as fait que m'affliger. Va! je n'aurais pas eu la force d'entendre ton dernier adieu; la voix d'un tombeau te répondrait pour moi...... Insensé! Crois-tu, d'un mot rompre tous les liens qui nous unissent? Oui, sans doute, il faut bientôt nous séparer; il le faut pour ton salut et pour mon repos; mais sache bien que la contrée où tu choisiras un asile deviendra ma patrie. Je ne vivrai que de l'air que tu respireras. Tu seras toute ma famille, et s'il faut que nous soyons encore en butte aux injustices des hommes ou du sort, je tâcherai d'en adoucir pour toi l'amertume. Tes chagrins comme tes plaisirs seront aussi les miens; et quand je sentirai s'approcher le moment d'un éternel adieu, je veux que tu reçoives les derniers battemens de mon cœur, et que les accens de ma voix mourante soient encore des accens d'amour. Cherche à présent, si tu le peux, dans un puéril motif de bienséance, un obstacle à ma résolution. Rien ne la changera désormais : rien, que la mort ou la perte de ton cœur. »

Édouard, profondément attendri, n'avait plus le courage de combattre les sentimens de la comtesse, quoiqu'il fut toujours décidé à ne pas céder à leur générosité. Il était comme accablé par l'héroïque dévouement de son amie ; et des regards mouillés de larmes pouvaient seuls exprimer son amour et son admiration.

« Mon ami, ajouta madame de Norbelles d'un ton plus calme, épargnons-nous d'inutiles émotions. Est-ce le moment de nous livrer à des alarmes imaginaires? Ne songeons qu'au malheur le plus réel dont nous soyons menacés ; mais bientôt je l'espère, il ne sera plus à craindre pour nous. Partez, cher Édouard ; en vous sachant à l'abri de tout danger, je n'aurai du moins que les ennuis d'une absence momentanée. Adieu ! mon ami..... mon époux. »

En ce moment, on entendit M. Kermargat qui venait avertir la comtesse, que tout était préparé pour la faire reposer.

Quand à notre héros, il continua de veiller, en attendant le moment qu'on jugerait convenable pour son départ. Il est probable que, même sans cette circonstance, il aurait difficilement fermé les yeux, après l'entrevue inopinée qu'il venait d'avoir avec madame de Norbelles.

~~~~~~

CHAPITRE IV.

Tout fut disposé pour la fuite de notre héros. Une heure avant le jour, il partit équipé en chasseur, et accompagné d'un jeune homme de confiance, qui parlait le français. La nuit était fort sombre, et il avait besoin d'un guide aussi habile que le sien, pour sortir sain et sauf des chemins étroits et rocailleux où il était engagé. Les voyageurs n'avaient que deux lieues à faire pour se rendre à leur destination. Ils en avaient fait à peu près le tiers dans le plus grand silence, lorsqu'étant arrivés au milieu d'un chemin creux, ils entendirent le pas de plusieurs chevaux. Édouard demanda aussitôt à son guide ce qu'il pensait de cet incident. « Mon-

sieur, lui répondit son jeune compagnon
en manifestant un peu d'inquiétude, je
ne sais trop ce que c'est. Par S.ᵗ Yves! ce
n'est point là le pas de nos bidets. — Mais
il est possible que ces chevaux soient
ceux de quelques gentilshommes qui
voyagent. — Nenni, monsieur, les gens
de qualité ne voyagent point par ici, et
à l'heure qu'il est. Il n'y a que. . . .Diable!
Ces gens-là ne sont pas bons à rencontrer
pour vous. — Si ce sont des voleurs,
nous sommes bien armés et. . . . — Nenni:
les voleurs de notre pays ne marchent
point à cheval. Il y a bien des contrebandiers qui vont comme ça; mais je recon-
naîtrais le pas de leurs bêtes d'une demi-
lieue. Et puis, je ne les crains point. Ils ne
mangent pas les braves gens. Ce qui arrive est ma foi bien pis que ça. — Qu'est-
ce donc enfin? — Comme S.ᵗ Yves est
mon patron, c'est la maréchaussée; et
ça va droit au château. — Eh bien! pre-
nons un autre chemin, fût-il le plus long?
— Un autre chemin! Le diable n'en a pas
fait d'autre. A droite ce sont des roches

et des précipices, à gauche des marais dont les lutins ne se tireraient pas. » Pendant ce dialogue le bruit des chevaux qui s'était rapproché se faisait entendre à peu de distance. Alors le guide dit à son compagnon: « Nous n'avons qu'un moyen d'échapper à ces happe-chairs, si vous pouvez me suivre. » En même temps il se mit à monter sur un rocher escarpé qui bordait la route; et à sa grande surprise notre héros le gravit aussi avec facilité. Tous les deux se cachèrent ensuite dans une cavité du roc attendant que les cavaliers fussent passés pour continuer leur voyage.

Au moment que la cavalcade arrivait près du lieu où ils s'étaient retirés, un des gens qui la composaient se mit à dire avec le ton de l'impatience: « Dans quel coin de l'enfer est donc fourré ce maudit château de Plouel... Plougueul... Ploudiable! » La voix qui avait prononcé ces mots fit tressaillir Edouard. Elle n'était point nouvelle pour lui. Pendant qu'il cherchait à s'expliquer cette singularité, la même

voix ajouta : « Nous n'arriverons jamai
avant le jour et le drôle sera prévenu d
notre visite ; s.... bleu ! s'il m'échappait....
— C'est lui ! s'écria involontairement notre fugitif, emporté par l'émotion que lui
fit éprouver la rencontre la plus inatten-
due. En effet, la voix qui venait de le frapper si vivement, était celle de l'homme
qu'il avait suivi dans son enfance, et dont
il pouvait se croire le fils ; de cet homme
qu'il avait déjà retrouvé à Paris, dans le
rôle de vieux comédien. A peine l'exclamation d'Edouard lui fut-elle échappée ,
qu'on répondit par un qui vive général.
Et aussitôt quelques-uns des cavaliers
s'approchèrent du lieu où il était caché,
autant que la nature du terrain pouvait
le leur permettre. Son guide lui dit alors
tout bas : « ils ne nous auront pas si vous
le voulez. Suivez-moi. » En même temps
il voulut le conduire à travers un passage
du rocher, où bien certainement il eut
été impossible de les prendre ; mais il entendit aussitôt son compagnon répondre
au qui vive avec assurance. « Messieurs,

je suis un chasseur qui n'ai aucune raison
de vous éviter. — C'est bien, lui répon-
dit-on ; mais de par le Roi ! approchez.
Nous serons bien aises de savoir quel est
le gibier que vous chassez ici. » Alors
Édouard sortit de sa retraite. Son guide
fut très-surpris qu'un homme qui avait
voulu éviter la maréchaussée se livrât
volontairement en ses mains ; et comme
il avait peut-être ses raisons pour prendre
un parti différent, il laissa son compagnon
se rendre seul auprès des cavaliers.

Voyons comment notre fugitif raisonna
dans cette circonstance, après avoir reconnu le personnage dont la voix lui avait
fait pousser une exclamation involontaire,
et qu'il supposait avec raison être un
exempt de police. « Voici, pensa-t-il, la
seule occasion où je puisse espérer de connaître mes parens. Dois-je la laisser échapper ? Non : je veux, quoiqu'il arrive, savoir à quoi m'en tenir sur le secret de ma
naissance ; j'y parviendrai peut-être sans
me faire connaître de cet homme-là. S'il
se trouve être en effet mon père, j'aurai

2*

acquis sans doute une cruelle certitude.
Il me faudra remplir mes devoirs de fils.
Eh! quels pénibles devoirs! Mais s'il m'est
étranger (Dieu le veuille), il m'apprendra
du moins quelle est ma famille ; et en supposant qu'il reconnaisse en moi la personne qu'il est chargé d'arrêter, une somme
d'argent ne le décidera-t-elle point à protéger ma fuite ? Un tel homme ne doit
guère tenir à ses devoirs. »

C'est d'après ce raisonnement, qui fut
rapide comme la marche de la pensée,
qu'il se rendit à l'injonction qu'on lui avait
faite. D'abord on pria le chasseur de se
dessaisir de ses armes : précaution qui
parut nécessaire jusqu'à ce qu'il fût mieux
connu ; puis on se remit en route. L'émis-
saire de la police entama bientôt la con-
versation, en lui disant : « Vous êtes probablement du pays ? — J'y demeure, répondit Edouard. — Vous savez peut-être
où est juché le château de Plugueul... —
Plouguelzenec ? Certainement. — Bon !
Vous aurez donc la complaisance de nous
y conduire ; et prenez garde au moins de

nous égarer, car s....bleu! — J'espère ne
pas me tromper de chemin. Je connais le
château, et même ceux qui l'habitent. —
Ah! ah! Y auriez-vous vu par hasard un
jeune monsieur qui se fait appeler de
Valbreuse? — Assurément. On ne sait
pas trop ce qu'il est venu faire dans ce nid
de hiboux. — Je le sais bien, moi. — Et
c'est sans doute à lui que vous allez rendre
visite? — Comme vous le dites, mon gentilhomme : il ne doit guère s'y attendre.
Je vais vîte en affaires. — Je vous crois ;
mais, d'après ce que je sais, des visiteurs
tels que vous auront de la peine à le prendre dans son repaire. — Diable! M. le
chasseur, vous en savez beaucoup, à ce
qu'il paraît? —Plus que vous ne pensez. »
Édouard dit ces derniers mots à l'oreille
de son interlocuteur ; et il ajouta, continuant de lui parler bas : « Je vous ap-
prendrai des choses importantes, si vous
permettez que je vous parle *sans témoins;*
car je ne voudrais pas qu'on sût dans le
pays que je..... —C'est juste : mais que
cela ne soit pas long, ou parbleu!..... —

Soyez tranquille, votre homme ne vous échappera pas, pendant que je resterai avec vous. »

Après ces mots, le porteur de lettre de cachet dit à sa troupe : « Messieurs, voilà un honnête chasseur qui a de bons avis à me donner sur mon expédition. Je vais m'arrêter un moment pour recevoir sa déclaration. » En même temps, il descendit de cheval, et s'éloigna de plusieurs pas avec notre héros, qui lui dit alors, non sans quelque émotion : « Je vous connais, monsieur. — Bah! Je ne suis que d'hier dans ce pays. — Je vous connais pourtant. Vous rappelez-vous un jeune homme auquel vous avez donné à Paris, il y a environ un an, des leçons de déclamation ? — Moi ! je ne sais ce que vous voulez dire. — Vous portiez alors le nom de Brianville. J'ai beaucoup de raisons pour n'avoir point oublié le son de votre voix. — Cela peut être : j'ai joué la comédie autrefois ; mais je ne me souviens pas du tout...... Qu'importe, d'ailleurs ? — Eh ! bien, je suis ce jeune homme qui vous confia tout son

argent pour être admis à débuter sur un
théâtre de Paris.—Comment! c'est vous?...
Parbleu! c'est singulier... Je veux dire qu'il
serait étonnant que ... Au reste, mon cher
ami, toutes peccadilles sont effacées par
l'emploi que je remplis : on n'y met plus
que d'honnêtes gens. — Je n'ai voulu vous
faire aucun reproche. Je vous pardonnai
dans le temps, et mon plus grand chagrin
fut de vous avoir reconnu trop tard. —
Comment! reconnu?... — Oui, pour une
personne que j'avais déjà vue souvent.
Mais j'ai à vous parler de faits plus importans. — Qu'est-ce à dire? suis-je ici sur la
sellette? Prenez-y garde, au moins! un
officier du Roi est partout sur son terrain.
Vous pourriez payer cher une indiscrète
confidence.— Ecoutez-moi, de grâce. Les
choses dont j'ai à vous parler n'ont d'importance que pour moi; elles ne sauraient
vous offenser. Vous allez en juger. Il fut
un temps où, sous le nom de Beautrésor
(et ce n'était pas, je crois, votre véritable
nom), vous dirigiez une troupe foraine
de sauteurs de corde, de baladins, de co-

médiens même ; car vos acteurs jouaient
des parades. — Cela est vrai : comment se
peut-il?.... Qui diable êtes-vous donc? —
Vous le saurez. Vous aviez dans cette
troupe, il y a environ douze ans, un enfant qu'on appelait *Gambadoro*. — Gambadoro! Oui, parbleu! Mais par quel hasard?.. — Vous le perdîtes dans la forêt
de Marly. — C'est encore vrai ; et je le
cherchai long-temps ; car j'aimais ce petit
drôle-là. Je l'aurais certainement retrouvé
si ma troupe n'eût été forcée de quitter le
pays, par une imprudence de l'un de nous.
— Cet enfant passait pour votre fils : l'é-
tait-il en effet?.. — S'il était mon fils?... Eh!
que vous importe? Dois-je satisfaire la
curiosité d'une personne qui m'est inconnue? Écoutez donc, monsieur le chasseur,
jouons cartes sur table. Vous me connaissez je ne sais comment : ôtez aussi votre
masque, ou s.. bleu!... — L'enfant dont
il s'agit existe, et le sort de sa vie dépend
d'un éclaircissement... — Je vous entends ;
mais en vérité, je crois rêver. Vous seriez
cet enfant?... et vous l'êtes ; car, quel autre

eût pu me reconnaître seulement au son
de ma voix ? — Je ne puis le nier. Oh ! dites-
moi, je vous en prie, si je dois vous regarder comme mon père ? »

Il y eut alors un moment de silence,
pendant lequel Edouard éprouvait une
véritable anxiété. « Vous ne répondez pas ?
ajouta-t-il ; que dois je penser de votre silence ? — Un moment : ceci demande réflexion. — Réflexion ! Ah ! vous n'êtes pas
mon père ! Si vous l'étiez, vous m'en auriez
déjà montré les sentimens. Grâce à Dieu !
je ne suis pas votre fils. — Grâce à Dieu...
Jeune homme, voilà de mauvaises paroles.
Ecoutez-moi : d'abord, je ne me pique pas
d'avoir le cœur tendre ; on peut être un
bon père sans cette qualité. Malheureusement, je n'ai pas toujours vécu en ana-
chorète : vous le savez trop bien ; mais les
voies de la Providence sont grandes ; je
suis devenu honnête homme. Puis - je
avouer sans examen, pour mon enfant,
une personne de qui je ne connais pas les
mœurs, les moyens, les ressources ; qui
pourrait enfin ne pas me faire honneur ?

Ce qu'il y a de sûr, c'est que je vous ai
traité comme un fils dans votre enfance,
et que je vous aurais toujours traité de
même sans notre séparation. Non, je ne
suis pas fait pour renier un enfant qui,
loin de me causer des désagrémens, pourrait m'aider sur mes vieux jours. Si vous
êtes, comme je le crois, un honnête gar-
çon, je ne dois point vous désavouer. Allons! embrassons-nous :

« Vos destins sont connus, et voici votre père. »

Pendant ce long dialogue, les ténèbres
avaient commencé à se dissiper. A la faveur
des premières lueurs du jour, l'exempt
put s'apercevoir qu'il parlait à un jeune
homme de bonne mine, vêtu avec élégance, chez lequel il remarquait de plus
tous les indices d'une bonne éducation.
D'après tout cela, il sentit se réveiller en
lui des sentimens paternels pour son Gambadoro ; mais celui-ci, loin de se livrer à
aucun mouvement d'amour filial, était
accablé de douleur, de honte, et presque

d'épouvante ; il gardait un morne silence,
que l'exempt fut obligé d'interrompre en
lui disant : « Mon enfant, vous paraissez
peu satisfait de la reconnaissance que vous
venez de faire. Je le conçois ; vous désire-
riez trouver mieux pour votre père que
Benoît Pastourel, exempt de police : que
voulez-vous ? on ne se choisit pas ses
parens.

« Je serais fils d'un roi, si le ciel l'eût voulu. »

Ah ! monsieur, dit enfin Edouard, je
remplirais mes devoirs de fils, si j'avais
l'entière certitude..... — Eh ! que voulez-
vous de plus que ma parole ? Au reste, je
vous donnerai des preuves, s'il le faut ...
En attendant que nous renouvelions con-
nassance, je dois m'acquitter d'un ministère.... et... Mais, que vois-je ? Plus je vous
examine... Ah ! diable ! taille de cinq pieds
sept pouces, cheveux bruns, yeux bleus,
nez aquilain, bouche .... c'est cela ; parbleu ! c'est le jour des miracles. Vous êtes
le personnage que je dois arrêter : le sieur

rancastel, dit le chevalier Edouard, dit Valbreuse. — Eh! bien, oui je suis cette victime d'une vengeance puissante. Voulez-vous encore avouer pour votre fils un homme condamné à l'infamie?—S....bleu! ceci devient embarrassant. D'abord, mon devoir est de vous arrêter : vous êtes entre mes mains, et, malgré notre parenté, je remplirai ma commission; car, voyez vous, il y va de ma vie, ou au moins des galères pour moi, si je vous laisse échapper! — Faites votre devoir. Ah! que n'ai-je du moins trouvé, dans mon malheur, le cœur d'un père. — Le cœur d'un père! Eh! que diable voulez-vous qu'il fasse? Après tout, moi, je ne partagerai point ce que vous appelez l'infamie. Les fautes sont personnelles. Ne savez-vous pas que

« Le crime fait la honte, et non pas l'échafaud. »

Ainsi n'étant pas coupable comme je le crois, que vous importe l'opinion des autres?—O ciel! disait en lui-même Edouard, avec un profond sentiment de douleur, est-ce donc d'un tel homme que j'ai reçu

la naissance ? — Cependant, ajouta ensuite le tendre père, il faut s'entendre.
Je n'ai pas tout-à-fait l'âme du vieux Bru-
tus. Je n'immolerai donc pas mon fils par
amour pour la loi; mais je voudrais encore moins m'immoler moi-même. Il est
certain que je ne puis maintenant vous
sauver qu'en me perdant, à moins que
je ne prenne aussi moi-même la fuite.
Dans ce dernier cas que deviendrai-je?
Avez-vous le moyen de me faire vivre
dans une honnête aisance? — Hélas! je
n'ai ni état ni fortune. — Oh! oh! Je ne
l'aurais pas supposé; mais d'après ce qui
m'a été dit, une dame riche et de haute
qualité s'intéresse à vous; c'est même
dans son château que vous étiez caché.
— Il est vrai; et peut-être!... Que dis-je?
ah! qu'elle ignore à jamais ma cruelle destinée. — D'ailleurs il n'est plus temps. Mes
gens nous observent; et comme ils ont
aussi votre signalement..... C'est assez,
(dit l'exempt en élevant la voix) vous êtes
mon prisonnier. » Il appela aussitôt les
cavaliers en leur disant: « voici le gibier

3.

que nous allions chercher au gîte quand
il n'y était plus. Heureusement qu'il s'est
jeté entre nos jambes. Il a bien voulu me
faire perdre la piste, mais s.... bleu! le
lièvre est trop jeune pour tromper le nez
des vieux chiens. » En même temps il fit
placer notre héros au milieu des cavaliers,
après lui avoir lié les mains, avec moins
de violence pourtant qu'on n'en use en pa-
reille occasion. Ensuite la troupe se remit
en route, pour Pontrieux. Delà, M. Pastourel devait diriger son cher fils jusqu'à
Morlaix, où se trouvait un dépôt de jeunes
gens des deux sexes destinés à passer aux
Iles pour accroître la population de nos
colonies. C'était aux dépens de celle du
continent, qu'on faisait de temps en temps
des exportations de ce genre ; mais, quoiqu'elle fût alors d'un quart moins considérable qu'elle ne l'est aujourd'hui, les
hommes d'état et les riches oisifs la trouvaient trop forte, trop effrayante. Il leur
semblait qu'ils ne pouvaient plus res-
pirer à l'aise, et que la surface du sol
en France ne suffirait plus bientôt à la

nourriture de ses habitans. Les colonies
leur paraissaient donc une ressource admirable pour se débarasser du superflu
incommode des consommateurs. Ainsi,
pendant qu'un grand tiers de la France
était en friche, et que le reste était livré à
une culture négligée ou imparfaite, on
exportait tant qu'on pouvait une foule
d'individus, dont la dixième partie à peine
pouvait résister au voyage, au change-
ment de climat, à la fatigue et à la misère.
Ces individus étaient sans doute pour la
plupart des vagabonds, des ouvriers sans
travail, et ce qu'on appelait de mauvais
sujets; mais combien d'hommes parmi
ces mauvais sujets n'ont été que des victimes de la cupidité, de la haine et de la
vengeance. Le pauvre Edouard était une
de ces victimes, et certainement une des
plus à plaindre; en effet quelle personne
digne de lire notre histoire ne se péné-
trera pas de la situation d'un beau jeune
homme qui ayant figuré non sans éclat,
dans une sphère brillante de la société,
ayant pu devenir, s'il eût voulu, le mari

d'une charmante comtesse, se voyait condamné à traîner sa vie dans l'abjection :
qui perdait avec sa liberté jusqu'à sa dernière espérance : celle d'appartenir à une
famille honnête. Etre réduit à reconnaître
pour son père un aventurier, un mépri-
sable escroc; ah! c'était un malheur sans
consolations et sans terme. Il se laissait
bien aller à quelques doutes sur la lé-
gitimité du titre que M. Pastourel avait
revendiqué. Mais ces doutes n'étaient fondés que sur des souvenirs éloignés, confus
incohérens. Bientôt même ils les trouvait
si dénués de raison qu'il ne les imputait
qu'au seul regret d'avoir un tel père. Et
puis, qu'aurait-il pu alléguer pour contester ce titre. S'il eût dit: « Vous assurez,
monsieur, que je suis votre enfant; j'en
doute d'après quelques souvenirs de mes
premières années. J'ai besoin d'en avoir
la preuve. » M. Pastourel aurait pu lui
répondre. « Mon propre aveu doit
vous suffire, puisque je ne trouve aucun
intérêt à vous tromper. Est-ce votre extrait baptistaire que vous demandez ? en

supposant que votre naissance eût été constatée sur les registres d'une paroisse, je n'aurais jamais songé à porter partout avec moi, l'extrait de ces registres. D'ailleurs, votre mère et moi nous étions obligés, par état, de changer souvent de lieu. Je n'avais point de domicile au temps ou vous êtes né. Vous avez vu le jour au milieu d'une route longue et pénible, loin de toute habitation; et enfin, nous avions bien d'autres soins à prendre pour vivre, et pour faire vivre, nos enfans, que de leur donner ce qu'on nomme une existence civile. Ce qui est certain, c'est que vous êtes mon fils; que je vous ai nourri, élevé dans ma profession, jusqu'au moment où vous m'avez quitté. C'est à cause de cela que je serais disposé à trahir tous mes devoirs, à courir de grands risques, pour vous sauver, si je le pouvais, sans danger de mourir de faim. A présent, vous êtes libre de me contester mes droits, s'ils choquent vos intérêts ou votre vanité. Je ne dois pas moi-même, d'après votre situation, y atta-

cher beaucoup d'importance; mais vous
ne serez toujours qu'un mauvais fils et un
homme ingrat. » Qu'elle objection raisonnable Edouard aurait-il pu faire à ce discours? aucune : il le sentait. Aussi, prit-il
le parti de se soumettre, non sans murmu-
res, au funeste destin qui lui faisait
retrouver son père dans un homme tel
que M. Pastourel, et qui, en même temps,
rendait ce père l'instrument de son
malheur.

Après une heure de marche, la troupe
qui escortait notre héros se trouva dans
un village nommé Langollan, à quelque
distance de Pontrieux. M. Pastourel dit
alors aux cavaliers : « Messieurs, la nuit
a été rude ; vous devez avoir besoin de
vous reposer : arrêtons-nous un peu pour
boire à la santé du Roi ; nous avons bien
gagné notre déjeûner. » On descendit donc
à l'auberge du lieu. Le premier soin de
l'exempt fut de faire mettre à sa disposi-
tion une chambre propre à renfermer son
prisonnier pour quelques heures. On lui
en fit voir une qui pouvait passer pour

un extrait de prison, puisqu'elle était très-
obscure , et que les fenêtres en étaient
grillées. M. Pastourel , tout en observant
qu'un cachot était plus convenable , dé-
posa son cher fils dans cette chambre. Il
mettait une telle sévérité dans l'exercice
de sa charge, que tous les spectateurs et
jusqu'aux archers eux-mêmes lui parlaient
en faveur du beau prisonnier.

Il faut dire pourtant que cette rigueur
n'était qu'apparente ; car il eut soin qu'E-
douard ne manquât pas des choses qui lui
étaient nécessaires , et que , malgré ses
liens , il ne fût gêné dans aucun de ses
mouvemens ; de plus, il voulut lui donner
quelques consolations à sa manière; mais
elles n'eurent pas , comme on peut le penser , un puissant effet sur un cœur gonflé
d'amertume.

~~~~~~

CHAPITRE V.

———

Avant que M. Pastourel fût prêt à re-
prendre sa route, il vint faire une visite
à son prisonnier. Les fumées du solide déjeûner qu'il venait de faire avaient puis-
samment agi sur les houpes nerveuses de
son cerveau, et disposé son cœur paternel à de tendres épanchemens. « Mon cher
enfant, lui dit-il, le diable m'emporte si
j'ai senti pour personne l'intérêt que vous
me faites éprouver : ce n'est pas parce
que je suis votre père ; car j'ai toujours
compté pour peu de chose les liens du
sang, lorsqu'ils ne sont pas resserrés par
l'habitude et par des soins réciproques ;
mais vous paraissez mériter plus de bonheur. Certainement, vous n'étiez pas fait

pour tenir compagnie à un tas de mauvais garnemens qui vont périr de misère
à deux mille lieues d'ici. S....bleu! c'est une
abomination. — Ah! dit Edouard, c'est
surtout une grande injustice. — Pourquoi
diable vous êtes-vous mis sous ma main?
— J'aurais pu vous éviter, il est vrai; mais
je désirais ardemment vous retrouver,
pour connaître le secret de ma naissance;
j'avais toujours nourri quelque espoir que
j'appartenais à une famille honnête... Par-
don!.... je veux dire à des parens d'une
condition plus relevée que la nôtre; et
lorsque, cette nuit, j'ai reconnu votre
voix, j'ai cédé au besoin d'éclaircir mes
doutes, sauf à trouver en vous le véritable
auteur de mes jours. — Malheureusement
vous l'avez trouvé chargé d'une vilaine
commission. A compter d'aujourd'hui,
nous ne nous reverrons peut-être jamais.
S....bleu! j'en serais fâché. Décidément,
mon fils, avez-vous dans le monde un
protecteur, un ami qui puisse assurer à
votre père des moyens de vivre honorablement? — Je n'ai qu'un seul ami, sur.

lequel j'ai droit de compter, un ami bien
respectable. Ah! sans doute, il ne balan-
cerait pas à me sauver au prix de tout ce
qu'il possède; mais il est loin d'être riche.
O bon vieillard! quelle sera ta douleur,
quand tu sauras à quel sort est réservé
ton fils d'adoption! — Eh! bien, il faut
tâcher de lui épargner ce chagrin. Pensez-
vous que cette dame dont vous habitiez
le château vous porte assez d'intérêt....—
Elle a été ma protectrice; peut-être s'in-
téresserait-elle à ma délivrance; mais la
bienfaisance a des bornes... J'ai moins que
jamais le droit d'imposer à cette dame le
sacrifice d'une partie de sa fortune. —
Moi, je ne connais pas vos affaires. A votre
place, j'userais de toutes mes ressources :
la chose en vaut bien la peine. — Mais
l'honneur me le défend. — L'honneur!...
C'est suivant la manière de voir la chose....
Trouvez-vous donc plus d'honneur à partager le sort de la plus vile canaille? — Je
n'aurai du moins aucun reproche à me
faire. — Allons, tout est dit. Vous voyez
au moins qu'il n'a point dépendu de moi

que vous ne fussiez tiré de ce mauvais pas.
— Soyez assuré que je n'accuse que le sort,
qui a rendu mon père l'instrument de mon
malheur. Pardonnez-moi vous-même, si
je n'ai pu trouver encore dans mon cœur
tous les sentimens qu'on doit à l'auteur de
ses jours. Dieu sait que pourtant je ne serais pas un mauvais fils. — Allez, mon enfant, je ne vous en veux pas. Nous nous quit-
terons bons amis. Qui sait? peut-être vous
retrouverai-je quelque jour ou quelque
nuit encore, mais dans des circonstances
plus agréables pour tous les deux. »

Après ces mots, M. Pastourel quitta
notre héros pour donner les ordres du
départ. Pendant qu'il s'en occupait, on vit
s'arrêter à la porte de l'auberge plusieurs
personnes à cheval. A la tête de cette cavalcade était une dame en habit de voyage
fort élégant, accompagné d'un homme
d'un âge mûr; elle avait à sa suite des
garde-chasses et des domestiques en livrée.
Plusieurs habitans du village qui se trouvaient déjà près de la maison pour en voir
sortir le prisonnier, furent aussitôt rejoints

par un grand nombre de paysans, qu'attira
sur le même point la bruyante arrivée des
voyageurs. Avant que la dame fût descen-
due de cheval, il s'éleva un bruit sourd et
confus de voix, dans lequel on entendait
prononcer, tant en bas-breton qu'en français, le nom de la *dame de Plouguelzenec*,
madame la comtesse de Norbelles. La surprise et le respect se peignaient sur les
traits et dans l'attitude de tous les spectateurs : aucune tête ne resta couverte. En
effet, c'était la noble amie d'Édouard qui
arrivait avec M. Kermargat; et comme le
village de Langollan, où elle se trouvait,
dépendait de sa seigneurie, l'apparition
de la dame qu'on n'y avait jamais vue dut
produire une grande sensation parmi des
vassaux bas-bretons; vassaux plus soumis
à leurs seigneurs qu'au Roi, dont ils n'en-
tendaient guère parler, si ce n'est quand
il leur fallait tirer à la milice, faire la cor-
vée, payer des impôts, ou loger des gens
de guerre. La comtesse reçut les témoignages de joie et de respect qu'on lui rendait avec beaucoup de grâce et de bonté,

quoiqu'elle parût affectée d'un profond chagrin.

Son arrivée subite sur le lieu de la scène n'aura rien de surprenant pour le lecteur, s'il veut bien se rappeler une circonstance de notre récit que l'on a pu regarder comme assez indifférente, mais qui a pourtant amené l'incident dont nous venons de rendre compte. On a vu que le jeune homme qui accompagnait Edouard dans sa fuite, le laissa seul se livrer aux cavaliers de la maréchaussée. Pour lui, après avoir attendu quelque temps aux environs la suite de sa détermination, et supposant à la fin qu'il ne pouvait plus lui être bon à rien, il reprit la route du château, pour y rendre compte de cet événement. Madame de Norbelles ne tarda donc pas d'en être instruite. Accablée de fatigue et d'inquiétudes, elle s'était endormie la veille avec la certitude que le fugitif serait en peu de temps à l'abri de tout danger. Quel fut son désespoir quand elle vit que tous ses efforts n'avaient pu l'y soustraire! Sa surprise était au moins égale à sa douleur. La conduite d'Edouard lui paraissait incompréhensible : long-temps elle refusa d'y croire ; mais elle n'en résolut pas moins de le délivrer à tout prix , s'il le fallait , malgré lui-même. Dans un premier mouvement , elle voulut faire armer ses vassaux pour l'arracher à force ouverte des mains de ses gardiens. Heureusement, M. Kermargat parvint à lui faire abandonner cette violente résolution. C'est alors qu'elle prit le parti de suivre les pas de son malheureux amant, pour connaître sa véritable situation, et employer ensuite tous les moyens possibles de le rendre à la liberté. Elle partit aussitôt, bien escortée comme on l'a vu , ayant soin surtout d'emmener avec elle le guide de notre héros, pour diriger la marche des voyageurs. En effet, ce jeune homme, d'après la route que les archers avaient prise pour venir au château, jugea fort bien du point d'où ils étaient partis, et où ils devaient retourner. Il lui fut facile de suivre leurs traces ; ainsi la comtesse put arriver assez à temps au village de Langollan, pour y trouver encore l'objet de ses recherches.

Lorsqu'elle entra dans la salle de l'auberge, les archers et l'exempt y étaient réunis. Elle demanda d'un ton de dignité, dans lequel perçait le dépit, mais toutefois sans insolence, de quel droit on arrêtait un de ses parens dans le ressort de sa juridiction seigneuriale. Loin de s'offenser de cette question tant soit peu fière, M. Pastourel y répondit avec une aimable politesse qui surprit madame de Norbelles. Cet homme avait un véritable talent pour prendre les formes les plus opposées à son caractère : il était réellement comédien ; d'ailleurs, il avait ses raisons pour paraître en ce moment un exempt de bonne compagnie; car il venait de savoir qu'il avait affaire à la dame de Plouguelzenec, par conséquent à la protectrice de son fils. Il excusa, sur les ordres du Roi, la liberté qu'il avait prise d'arrêter une personne à laquelle madame prenait de l'intérêt; et même il proposa de montrer ces ordres.

La comtesse, charmée d'avoir à traiter avec un homme aussi poli, en concevant

3*

même quelque espoir pour ses vues, reprit alors le ton de bienveillance qui lui était ordinaire. Elle convint qu'il n'avait fait que son devoir; et lui témoignant une partie de la douleur que lui causait le malheur de son parent, elle demanda qu'il lui fût permis de le voir.

M. Pastourel avait un peu souri lorsque la comtesse parlait de sa parenté avec Gambadoro. Qui, mieux que lui, savait à quoi s'en tenir sur cet objet? Il répondit, avec une grâce charmante, qu'il sentait, dans cette circonstance, tout ce que son emploi avait de pénible, puisqu'il avait des raisons particulières pour s'intéresser au prisonnier; « mais, ajouta-t-il, je réponds de lui sur ma tête ; je dois veiller rigoureusement à ce qu'on ne puisse lui fournir aucun moyen de délivrance. Je répugne donc un peu à permettre l'entrevue que vous désirez avoir avec lui : cependant, pour vous prouver mon empressement à vous être agréable, je consens à lui procurer l'honneur de votre visite ; mais à condition que je serai présent à votre entretien. » La comtesse fut obligée de se soumettre à cette condition, toute fâcheuse qu'elle lui parût.

M. Pastourel l'accompagna donc auprès de notre héros. En voyant les indignes liens qui entouraient les bras de son amant, madame de Norbelles ne put contenir une vive exclamation de douleur, et de grosses larmes coulèrent de ses yeux. Quant à lui, surpris et presque affligé de sa présence, il porta sur elle un regard douloureux, et lui dit, d'une voix troublée, mais en conservant une contenance ferme : « Vous le voyez, madame, vos généreux soins n'ont pu triompher de ma destinée : l'exil, la misère et l'infamie, voilà ce qui m'attend. Tout enfin est fini pour moi, puisque j'ai perdu jusqu'à la dernière espérance.... — Vous n'aurez pas tout perdu, répondit madame de Norbelles, tant qu'il me restera un souffle de vie. Vous connaissez mes résolutions; elles n'ont point changé. —Ah! madame, elles changeront : hier, elles étaient déjà trop généreuses; aujourd'hui, vous serez forcée de les abandonner......, d'en rougir, peut-être.... — D'en rougir!... Oh! mon ami, que dites-vous? Mais comment se fait-il que, pouvant éviter le malheur qui vous frappe, vous vous y soyiez volontairement exposé? Par quel étrange aveuglement avez-vous disposé de vous-même, contre toute raison et contre le vœu de ceux qui vous sont chers? — Vous saurez trop tôt quel fut mon motif.—Sans doute, Édouard, vous ne consentez pas à subir la peine infâme à laquelle on vous condamne: oh! non, un cœur tel que le vôtre doit se révolter à cette affreuse idée. Songez donc que j'obtiendrai tôt ou tard la révocation de l'ordre qu'on a surpris contre vous. Dans quelques jours, vous pouvez être rendu à la liberté. Parmi les personnes qui vont être les arbitres de votre sort, il s'en trouvera une peut-être qui se laissera toucher..., qui sera disposée à nous servir par un sentiment de justice, et par l'offre de.... notre reconnaissance. » En prononçant ces paroles, la comtesse dirigeait tout le charme de ses yeux sur l'exempt de po-

lice. Il y eut un moment de silence, après
lequel M. Pastourel, poussant une espèce
de soupir, dit à la comtesse : « Hélas! madame, quelle personne sera mieux disposée pour ce jeune homme que son propre
père ; et pourtant..... — Son père! Que
dites-vous, monsieur? — Oui, madame,
dit alors Édouard avec effort; il est devant vos yeux; voici celui qui a pris soin
de mon enfance, dont je vous ai parlé
quelquefois; qu'un hasard bien... extraordinaire m'a fait retrouver; qui enfin reconnaît son fils dans son prisonnier. Voyez
maintenant ce que je dois espérer encore.»
A cet aveu, la comtesse resta stupéfaite ;
la pâleur déjà répandue sur ses traits devint effrayante ; elle paraissait près de suc-
comber à son accablement. Faisant à la fin
un violent effort sur elle-même, elle dit
avec un accent de désespoir : « Est-il donc
vrai que vous soyez le père de ce malheureux jeune homme?—Madame, vous pouvez en croire celui qui ne craint pas d'a-
vouer pour son fils un homme condamné
à une peine flétrissante. — Ah! dit avec

enthousiasme madame de Norbelles, malgré cette horrible injustice, il n'est pas une famille honnête qui voulût le désavouer. Félicitez-vous, monsieur, d'avoir un tel fils... Que vous êtes heureux, vous! Hélas!... Mais du moins ce titre lui donne des droits près de vous. Je les réclame pour lui, ces droits sacrés; le laisserez-vous sous le poids du malheur et de la honte, quand il est en votre pouvoir de l'en sauver?—Madame, répondit l'exempt d'un ton de sensibilité presque naturel, que pourriez-vous me dire que je ne me sois dit dans le cœur? C'est en gémissant que je remplis mon triste ministère; mais (en soupirant) j'aurai la force de remplir mon devoir. Dois-je m'exposer à perdre ma liberté, à manquer de pain? Ah! pourquoi n'ai-je pas retrouvé mon enfant plus heureux? — Il peut l'être encore si vous le voulez. Dites : ne pourrait-il se sauver sans danger pour vous? — Non; maintenant, c'est impossible. — Si vous preniez la fuite avec lui? — Dans quel lieu serions-nous en sûreté? — En Angleterre. Une barque de pêcheur est arrêtée pour le conduire à Jersey ; elle l'attend : une personne sûre vous conduira tous les deux vers la côte. — Eh ! quelles ressources y trouverions-nous ? Mon fils n'est pas assez riche... — Il l'est assez pour procurer à son père une existence honorable. — Monsieur, dit vivement Édouard, sortant de l'accablement où il paraissait plongé ; mon.... père, je ne dois pas vous laisser dans l'erreur : madame la comtesse est entraînée par la générosité de son cœur ; je ne possède rien au monde. — Rien, Édouard !... Ingrat ! à qui serait donc ce que je possède ? Oseriez-vous refuser le superflu d'une fortune que j'aurais voulu partager avec l'orphelin.... Mon ami, je vous en conjure ; je vous l'ordonne ; profitez, pour votre évasion, d'un événement que j'étais loin d'attendre, ou vous serez la cause de mon désespoir. Monsieur, employez votre autorité sur lui pour le sauver, s'il résiste à mes prières et à mes larmes. Vous le voyez, je ne puis cacher l'intérêt que je prends à son sort. Pourquoi le cacherais-je ? il

m'a sauvé l'honneur et la vie. Ah ! ne crai-
gnez pas que j'abandonne jamais son
père ! »

M. Pastourel écoutait la comtesse avec
beaucoup d'attention et d'intérêt. Il n'a-
vait pas absolument compris tout ce
qu'elle avait laissé percer de ses regrets
sur un incident qui renversait toutes ses
espérances de bonheur ; mais il était bien
clair qu'elle avait de tendres sentimens
pour le prisonnier, et qu'elle était disposée à faire les sacrifices nécessaires pour
le délivrer ; voilà ce qu'il lui suffisait de
savoir. Il ne se fit donc pas prier long-
temps pour se rendre à la proposition de
madame de Norbelles. Il n'était pas fâché
d'ailleurs, d'avoir une belle occasion de
faire un tour en pays étranger. Sa nouvelle profession l'avait déjà mis à même de
faire quelques affaires pour son compte,
qui lui donnaient un peu d'inquiétude.
Et puis, c'était un homme qui n'avait jamais le temps de prendre racine dans
aucune place, et dans aucun lieu du
globe. « Madame, dit-il, après un mo-

ment de réflexion, et en prenant une
attitude théâtrale ; c'en est fait, la nature
et la beauté l'emportent sur le devoir. Je
braverai tous les dangers pour le salut
de ce malheureux jeune homme, et pour
prouver mon dévoûment à sa noble protectrice. Quant à vous, mon fils, vous
seriez indigne de son intérêt, si vous ré-
sistiez un instant à tant de grâces et de
bonté ; mais il est impossible que vous
ayez une telle pensée. Maintenant, madame, il faut quitter notre cher prisonnier pour ne pas laisser naître de soup-
çons. Je vais, moi, m'occuper des moyens
d'assurer notre évasion. » Madame de
Norbelles, après avoir témoigné sa vive
reconnaissance au sensible exempt, se
tourna vers Edouard, et lui dit, d'une
voix tremblante, cherchant en vain à sur-
monter sa douleur : « Adieu ! mon ami,
adieu !... Non, pour toujours. Allez ! vous
n'emporterez pas toutes mes espérances.
Vous m'entendez, Edouard. Sans doute,
il y a dans le cours de la vie des événemens aussi funestes.... qu'inattendus, qui

paraissent d'abord sans consolation.....
mais n'y a-t-il pas aussi, dans les mystères
de l'avenir, des chances favorables.....
pour les cœurs les plus malheureux. Ne
fermez donc jamais le vôtre au plus faible
rayon d'espoir, si vous voulez que je
puisse être encore..... heureuse. Adieu ! »
Après ces mots, la comtesse s'éloigna
d'un pas chancelant, sans que le prisonnier eût la force de lui répondre autrement que par des regards où se peignait la
plus sombre mélancolie.

CHAPITRE VI.

———

M. Pastourel était bien disposé, comme on vient de le voir, à fuir avec notre héros; mais il trouvait plus de difficultés qu'il ne l'avait pensé d'abord, dans le succès de cette entreprise. Il n'était chargé de la conduite de son prisonnier que jusqu'à Morlaix, où il avait ordre de le remettre dans un dépôt d'autres prisonniers. Il lui fallait donc réussir à le délivrer avant d'arriver dans cette ville; et de plus, il ne fallait pas trop s'éloigner du point de la côte, où ils devaient s'embarquer. Or, comment tromper la surveillance des cavaliers de maréchaussée dans le peu de temps qui lui restait pour l'exécution de son projet? Il y rêvait dans la salle de

4.

l'auberge où il était rentré avec la comtesse, lorsqu'un des archers vint annoncer
qu'une troupe nombreuse de paysans armés de bâtons, arrivait avec le dessein de
mettre en liberté, le parent de leur maîtresse. « Eh! bien, dit alors l'exempt, mon-
tons à cheval, et tombons à coups de
plat de sabre sur cette canaille. — Monsieur, répondit l'archer, nous ne sommes
pas ici dans une rue de Paris ; vous ne
connaissez pas les hommes à qui nous
avons affaire ; il n'en faudrait pas beaucoup pour nous exterminer. Ne songez
pas, je vous le conseille, à employer la
force contre eux. — N'importe! je suis
déterminé, quoiqu'il arrive, à exécuter
les ordres du roi. »

M. Pastourel était bien capable de soutenir une telle résolution, s'il y avait eu
quelque chose à gagner pour lui ; car
c'était un homme véritablement intré-
pide ; mais, dans cette circonstance, il
voulait simplement montrer une apparence de fidélité à son devoir. Il ne fut
pas fâché du tout des obstacles qu'on lui

faisait trouver à le remplir. Au reste, ce n'eut pas été la première fois que des Bas-Bretons se seraient révoltés pour protéger la famille d'un de leurs seigneurs, contre des actes de l'autorité, soit arbitraires, soit légitimes. Plus d'un noble châtelain, abusant de son pouvoir sur ses vassaux, dans cette province, avait opposé leur dévoûment et leur courage à des ordres de la cour, comme à de simples sentences des tribunaux. Or, les révoltes des Bas-Bretons étaient redoutables. Il fallait envoyer des armées chez eux pour faire arrêter un membre du parlement. Le despotisme ministériel n'a jamais été à son aise en Bretagne. En effet, il existait dans toutes les têtes de la noblesse de ce pays, un système de république aristocratique, qui la tenait dans une lutte constante avec le gouvernement du roi. C'était par adresse et par ruse, plutôt que par l'exercice de leur pouvoir, que les ministres parvenaient à s'immiscer dans l'administration intérieure de la province.

Nous venons de voir le père impromp-

tu d'Edouard prêt, en apparence, à repousser par la force, le mouvement des
paysans de Langollan en faveur de son
prisonnier. Lorsqu'il s'aperçut que les
cavaliers de maréchaussée n'étaient pas
disposés à le seconder dans cette entreprise, il se tourna du côté de madame de
Norbelles, et, continuant de jouer le rôle
d'un honnête exempt, il lui dit, avec
beaucoup de dignité : « Madame la comtesse, je vous prie d'envisager les suites
que pourrait avoir la rébellion de vos vassaux contre des officiers du roi en exercice. Vous seriez gravement compromise.
Je vous invite, au nom de Sa Majesté, à
vous servir de votre autorité sur ces mutins, pour les faire rentrer dans le devoir.

Madame de Norbelles voyait avec plaisir l'entreprise tentée par ses vassaux. Elle
ne s'empressa donc point de se soumettre
à l'injonction que l'exempt lui avait adres-
sée, bien persuadée d'ailleurs, qu'elle
n'était pas sérieuse. Cependant, M. Kermargat lui ayant fait observer que, ce
serait sur les paysans seuls, que finirait

par tomber la punition de cette révolte ,
elle se disposait à la réprimer , lorsque
l'aubergiste, le plus dévoué de ses vassaux,
s'approcha d'elle , et lui dit, à voix basse :
« Madame la comtesse , j'ai le moyen de
faire évader le prisonnier sans qu'on em-
ploie la violence. Il y a , dans la chambre
où il est renfermé , une porte masquée
qui a une sortie au-dehors ; je peux ouvrir cette porte, sans qu'on ait le moindre soupçon. » La comtesse , enchantée
de cette proposition, l'accueillit avec ardeur , et en fit aussitôt la confidence à
M. Pastourel, qui , après l'avoir enten-
due , dit, du ton le plus ferme : « Non,
madame , je n'y consentirai jamais ; rien
ne peut ébranler ma fidélité. Vous ré-
pondrez au roi de tout ce qui peut arriver
Quant à moi , je vais près du prisonnier
confié à ma garde ; et je mourrai, s'il le
faut, avant qu'on l'arrache de mes mains. »
M. Pastourel se retira fièrement après
cette belle période. De son côté, madame
de Norbelles informa M. Kermargat de
tout ce qui se passait , et le chargea en

même temps, de faire conduire les fugitifs à leur embarcation. Ensuite, elle se mit en mesure de porter des paroles de paix aux paysans qui déjà se disposaient à faire le siége de la maison. Pendant que les archers attendaient avec inquiétude le résultat de sa médiation, notre héros et son sensible père se trouvaient en pleine campagne. Il est inutile de dire qu'ils étaient suffisamment pourvus de ce métal qui joue un si grand rôle dans les choses humaines : madame de Norbelles avait eu la précaution de s'en munir ; et de plus, elle avait fait remettre à Edouard des lettres de crédit sur des banquiers de Londres. Quant aux archers, ils attendirent l'officier de police seul responsable du prisonnier ; et lorsqu'ils s'aperçurent de sa disparition, ils en dressèrent procès-verbal, et retournèrent à leur résidence.

La comtesse resta dans la plus vive anxiété, jusqu'au retour du guide qui avait accompagné les deux voyageurs. Elle ne respira librement qu'après avoir

appris qu'ils étaient parvenus à s'embarquer. Mais ce fut la dernière émotion de
plaisir qu'elle devait éprouver. Elle fut
bientôt ramenée au sentiment de son malheur. Tant qu'elle avait à craindre pour
son amant, le besoin de le sauver soutenait son courage. Lorsqu'il fut hors de
danger, elle tomba dans un accablement
mortel. Tous ses rians projets étaient renversés; elle avait, en un moment, perdu
le fruit des sacrifices qu'elle avait faits à
l'amour. Vainement l'image de son amant
venait se présenter à ses yeux, parée des
grâces de la jeunesse et des plus brillans
avantages, elle voyait aussitôt se placer
entre elle et lui, l'homme auquel il devait la naissance. Et tout le charme qui
l'avait subjuguée, n'était pas assez puissant pour lui faire braver ce fatal obstacle. La comtesse de Norbelles devenir
la fille d'un misérable escroc ! Oh ! cette
affreuse idée la glaçait d'épouvante ; elle
n'aurait pas repoussé avec plus d'horreur un poison mortel qu'on aurait appro-
ché de ses lèvres ; ses forces cédèrent

enfin aux combats que se livraient dans
son cœur, le plus impérieux des pen-
chans , et le juste sentiment de sa dignité.
Après un ou deux jours d'une cruelle
agitation, elle fut atteinte d'une fièvre
violente , dont le caractère resta quelque temps douteux.

Malgré l'état dangereux où se trouve
cette bonne et malheureuse comtesse,
nous sommes forcés de nous en séparer
pour suivre celui qui cause involontairement ses maux. Nous la laissons, par bonheur, au milieu d'une excellente famille
qui lui prodiguera ses soins , et entre les
mains d'un des plus habiles médecins de
la province.

~~~~~~

CHAPITRE VII.

Le pauvre Edouard, réduit à la fâcheuse nécessité d'accompagner à titre de fils, un aventurier qu'il ne pouvait estimer, n'en était pas moins déterminé à en remplir tous les devoirs. Seulement, il eût bien désiré lui fournir les moyens de vivre honnêtement, sans avoir recours aux bienfaits d'une étrangère (hélas! telle était maintenant pour lui madame de Norbelles). Mais il était forcé de les accepter, et cette idée ajoutait encore au poids de ses chagrins.

Cependant, les deux voyageurs étaient arrivés sans accident à Jersey. Là, ils eurent bientôt la facilité de passer en An-

gleterre. On pense bien qu'ils n'attendirent pas jusque-là pour faire, chacun de
son côté, ses observations sur le caractère
de son compagnon. Edouard voyait dans
le sien, un bon vivant, d'un esprit vif et
hardi, d'une gaîté sardonique, mais sou-
tenue, qui paraissait à l'épreuve des fatigues et des périls. Il en eut la preuve dans
leur traversée, où, sans la présence d'esprit de M. Pastourel, sans son courage et
son intelligence, ils auraient couru des
dangers. Chaque instant qu'il passait près
de son père, lui fournissait le sujet d'un
nouvel étonnement. Il était forcé d'admirer les prodigieuses facultés dont la nature l'avait doué, son coup-d'œil prompt
et sûr, l'étendue de sa mémoire, son im-
perturbable fermeté, la multitude de connaissances qu'il avat acquises dans ses
nombreux voyages. Ce genre de savoir
n'était pas sans doute de nature à figurer
dignement dans les annales de la science
et de l'histoire. M. Pastourel n'avait pas
dirigé si haut ses observations; mais, partout il avait porté son regard d'aigle sur

les objets qui étaient à sa portée, et sa
mémoire en avait conservé une empreinte
fidèle. De plus, il en rendait compte avec
une facilité rare et une sorte d'originalité.
« Un tel homme, se disait Edouard, était
né pour commander des armées, pour
gouverner des peuples. Comment se fait-
il qu'il soit resté dans les dernières clas-
ses, réduit à exercer les plus bas métiers,
jusqu'à celui de?..... (Ah! puissai-je en
perdre tout-à-fait le souvenir!) Est-ce sa
faute? Est-ce celle des hommes ou des
événemens? Ah! certainement, il doit y
avoir de sa faute! Il n'a fallu qu'un seul
vice, un seul penchant pernicieux qu'il
n'a pas su combattre, pour le jeter hors
de la route qui lui était marquée. Sans
cela, peut-être, je serais aussi fier d'être
son fils que je dois m'en trouver humilié. »

En faisant ces réflexions, notre jeune
ami raisonnait en moraliste, et d'après ses
principes d'honnêteté. En effet, le sort
de la vie peut bien dépendre, non-seulement d'un penchant vicieux, mais encore
d'un simple goût qu'on n'a pas d'abord

réprimé. Il est certain aussi, que des
mœurs déréglées sont une cause toujours
renaissante, de revers, de désordre et de
ruine. Cependant, il y a d'autres causes
qui décident de la prospérité d'un homme,
indépendamment du hasard des événemens. On ne sait que trop que des vices,
des actions criminelles même, ne sont
pas toujours un obstacle au succès. Que
de gens savent concilier les besoins de
leurs passions et les intérêts de leur fortune ! Ce qui assure le mieux les succès,
dans toutes les professions de la société :
c'est, sans parler du grand art de l'in-
trigue, une juste et constante application
de ses moyens, fussent-ils ordinaires, à
l'objet qu'on s'est proposé. C'est surtout
une forte ténacité dans le vouloir, qui
finit par triompher de tous les obstacles.
A défaut de cette précieuse faculté, tout ce
qu'il y a de grand et d'élevé dans l'esprit,
devient souvent un trésor stérile au milieu des circonstances les plus favorables.
En éparpillant ses idées, en appliquant
sans discernement et sans mesure ses for-

ces morales , on les consume sans fruit ;
et c'est ainsi qu'on peut expliquer l'état
de médiocrité ou d'indigence, dans lequel
on voit rester toute leur vie , des hommes qui paraissaient destinés à jouer un
rôle distingué dans le monde. Justement,
le père de notre héros se trouvait dans cette
cathégorie par la nature de son caractère ;
ses vices et ses turpitudes n'en avaient été
que la conséquence ; car le caractère exerce
une grande influence sur les mœurs d'un
homme, sans qu'il le sache lui-même, si
elle ne sont pas affermies par la religion
ou la philosophie, et par des relations de
société respectables.

M. Pastourel était d'une famille honnête ; et son instruction , sans avoir été
complète, aurait été suffisante pour le
placer convenablement dans tous les emplois honorables. Mais, né avec une éton-
nante activité de corps et d'esprit, jamais
il ne put prendre des habitudes séden-
taires. Le mouvement, le bruit, le besoin
d'entreprendre, de diriger, de commander : voilà ce qui était nécessaire à sa vie.

Cet impérieux besoin le jetait sans cesse
d'une profession à l'autre, d'une entreprise commencée à l'exécution d'un nouveau projet. S'il avait échoué partout, ce
n'était pas faute d'invention, d'intelligence,
et surtout de sagacité ; car il avait prévu,
dès le principe, toutes les difficultés, jusqu'aux accidens les moins probables d'une
affaire : c'était toujours pour avoir négligé
les idées les plus simples, pour avoir manqué de ce sens droit qui découvre, comme
par instinct, le côté vicieux des choses.
Et puis, son ardente imagination qui
s'élançait sur une foule d'objets à la fois,
ne lui permettait de s'arrêter à aucun, de
suivre un principe général, et d'en faire
une juste application. S'il fût né dans un
rang élevé, sans doute il aurait été un
ambitieux redoutable ; mais il n'aurait été
qu'ambitieux. Cette passion, portée sur
de grandes choses, aidée de puissans
moyens, l'aurait préservé, même en cas
de revers, des vices crapuleux et des habitudes dégradantes, qu'il contracta, dans
la sphère rétrécie où il s'agitait. Bientôt

les déceptions ; les pertes et la misère, le rendirent peu difficile sur le choix des ressources ; et il finit par ne plus rien refuser à ses goûts et à ses passions ; si ce n'est, il faut lui rendre justice, l'effusion du sang humain. Il était devenu, au reste, aussi indifférent sur le sort des autres que sur le sien. Toujours prêt à sacrifier à l'intérêt du jour, les intérêts de son avenir, il aurait joué sa vie pour satisfaire un simple penchant.

Tel était l'homme que notre pauvre Édouard avait le malheur de croire son père. Il n'avait pas tardé à juger son jeune compagnon. Il découvrait en lui une réunion de qualités qu'il n'avait guère eu l'occasion de rencontrer dans ses relations sociales. On ne sait pas jusqu'à quel point son cœur en était touché ; M. Pastourel n'était pas d'un naturel expansif ; mais du moins il était forcé de rendre hommage à des vertus qui finissent toujours par exercer quelque empire sur les âmes les plus desséchée. Il éprouvait, malgré lui, pour celui qu'il nommait son fils, une sorte de

4*

considération et de respect même qui ne
lui permirent jamais de faire valoir son
autorité paternelle; et pourtant, ce n'é-
tait pas de hardiesse que manquait son caractère.

Aussitôt qu'Édouard put commencer à
se familiariser avec son étrange position,
il désira connaître un peu l'histoire de sa
famille. Ne se souvenant pas d'avoir connu
sa mère, il s'informa d'abord si elle était
morte, ou si elle n'était que séparée de
M. Pastourel. «Votre mère? répondit celui-
ci, vous étiez trop jeune quand vous fûtes
privé de ses soins, pour que vous puissiez
vous en souvenir; cependant, elle vivait
à l'époque où vous me quittâtes; peut-
être même vit-elle encore; mais je n'en ai
plus entendu parler depuis long-temps. Il
y a tant de causes de division dans les mé-
nages qui ne sont pas riches..... — Ai-je
eu des frères? demanda encore Édouard.
— Vous en aviez deux, un plus âgé que
vous de quelques années, et l'autre plus
jeune. — Que sont-ils devenus? — Le premier s'est tué en tombant de la corde; et

peut-être auriez-vous eu le même sort quelque temps après, si je n'avais fait un violent effort, au moment de votre chûte,
pour vous recevoir dans mes bras. — Ainsi
je vous devrais deux fois la vie? — Probablement. — Et mon frère existe-t-il encore?
— Je le crois, sans en être sûr. Il est toujours resté près de sa mère. — Dans quel
pays suis-je né?—Mais.. en France. —J'en
suis surpris. J'ai eu autrefois quelques raisons de croire que je suis né en Angleterre;
j'avais encore l'accent anglais quand je vous
quittai, quoique nous eussions voyagé
en d'autres pays depuis long-temps. —
Je conçois cela; votre mère était anglaise,
et, pendant plusieurs années, elle n'a pu
parler que sa langue maternelle. — Quel
est mon âge? —Votre âge? mons..... mon
fils? attendez un peu : il y a seize ans et
demi... environ dix-sept que... Vous devez
avoir vingt-un ans. Au reste, je vous le dirai
positivement quand j'aurai mes papiers,
qui sont en France. Mais, ajouta M. Pastourel, qui voulait apparemment couper
court aux questions de son fils, j'aurais

du plaisir à savoir ce qui vous est arrivé,
depuis notre séparation. Dites-moi d'abord
pourquoi vous vous nommez Édouard?
moi, je ne vous ai jamais appelé ainsi. —
Ce nom me fut donné par une dame qui
habitait une maison où je reçus l'hospitalité; elle daigna s'attacher à moi, et m'é-
ever comme son propre fils. Le nom d'É-
douard lui était cher : c'était celui que
portait son mari, M. Midelson. — Midelson? Parbleu! c'est singulier! — Pourquoi
donc? dit notre héros, frappé de l'exclamation de surprise de son père et de l'expression extraordinaire de son visage.
— Oh! c'est que je crois avoir connu dans
mes voyages une personne de ce nom....
D'ailleurs, peu importe : contez-moi, mon
fils, comment vous vous êtes tiré d'affaire,
après m'avoir quitté comme l'enfant pro-
digue; car, j'en suis sûr, c'est bien volontairement. — Il est vrai : je n'étais pas,
ou du moins je ne me croyais pas heureux.
— Je vous le pardonne sans peine. »

Édouard raconta ensuite les principaux
événemens de sa vie. Lorsqu'il fut ques-

tion de l'aventure dans laquelle il avait été la dupe du comédien professeur Brianville, M. Pastourel laissa échapper un de ces rires grivois et plus que malins qui lui étaient habituels ; mais il parut aussitôt en avoir quelques regrets et un peu de confusion. Quand son fils eut cessé de parler, il lui dit : « Je vois, par tout ce que vous m'apprenez, que vous n'avez pas perdu à me quitter. Vous avez trouvé des protecteurs et des parens d'adoption qui valent mieux que moi ; et parbleu ! vous le méritiez ; et puis, aimé d'une belle comtesse (malgré votre discrétion, je sais à quoi m'en tenir), admis dans le grand monde comme un homme de qualité.....
— Ah ! répondit Édouard, c'est une faute que je ne me pardonnerai jamais : j'en ai été justement puni. — Justement puni ! Eh ! c'est bien à cause de cela qu'on vous a persécuté, c'est parce que vous avez été trop sage, trop modeste. — Je ne vous comprends pas. — Entendons-nous : je ne veux point dénigrer la vertu, quoique j'aie eu le malheur de m'en écarter quelque-

fois... par nécessité. Je sens même qu'on pourrait l'aimer, si tous les hommes vous ressemblaient; mais à quoi mène-t-elle dans le monde? à donner aux gens adroits des armes contre soi. Allez, j'ai de l'expérience : toujours j'ai vu qu'on échoue dans un dessein, moins pour avoir agi contre les lois de la morale, que pour n'avoir pas continué d'agir suivant l'esprit, et conséquemment au principe de ce dessein. Par exemple, un autre que vous, à votre place, aurait mis plus d'audace et de suite dans le rôle que vous avez joué; il aurait fait son chemin auprès des grands; et alors, il eût impunément bravé la fortune. D'abord, cet homme se serait bien gardé d'offenser, par un excès de..... sagesse, la marquise de Fleurancourt; et c'est ce que vous avez fait, vous. Je ne veux pas vous en blâmer, certainement ...., et je ne le dois pas; mais... — Eh! bien? — Eh! bien, c'est elle qui, pour se venger, vous a fait parvenir une lettre anonyme contre madame de Norbelles.—Comment pouvez-vous savoir?... — C'est moi qui ai écrit cette lettre; et de plus, un autre billet, parle quel on informait je ne sais quel marquis que vous étiez son rival sous un faux titre; que votre véritable nom était *Dufresnay*, connu à *Estanville*. Vous venez de me rappeler ces noms, que je n'avais guère songé à retenir. — Oh! ciel! il est possible que ce soit vous?... — Oui, la femme de chambre de madame de Fleurancourt, que je connaissais, avait été chargée par sa maîtresse de faire cette belle œuvre: ne pouvant s'en tirer convenablement, elle m'en donna la commission. Le marquis aura sans doute appris à Estanville même que celui qui avait porté le nom de Dufresnay et Gambadoro étaient la même personne; chose que j'ignorais, malheureusement pour vous... — Tout cela est l'effet d'un hasard bien extraordinaire; mais comment la marquise a-t-elle eu connaissance de mon secret? — Vous étiez dans sa maison: aidée de sa femme de chambre, elle a tout simplement cherché dans vos papiers ce qu'elle voulait savoir; et puis, les grandes dames ont tant de

moyens de parvenir à leur but, quand il
s'agit surtout de se venger! Il faut avouer,
mon enfant, que je vous ai fait beaucoup
de mal. C'est une étrange fatalité! Heureusement, vos intérêts sont devenus les
miens ; et si je ne puis vous servir, du
moins je ne vous nuirai plus. »

Édouard aurait bien voulu que leurs
intérêts fussent séparés ; mais il se croyait
obligé de vivre près de son père, en dépit
d'un sentiment intérieur qui se révoltait
contre cet indigne lien. Il avait aussi l'espoir de le réconcilier quelque jour avec
l'honneur. Malgré le désir qu'il avait de
connaître les aventures d'un homme dont
la vie avait été si agitée, et qui avait par-
couru tant de pays, il n'osa jamais lui en
demander le récit : bien persuadé, par ce
qu'il en savait déjà, qu'il n'y trouverait
que de nouveaux sujets de rougir de son
père, et d'en rougir devant lui. Il l'écoutait avec plaisir raconter les faits plus ou
moins curieux qu'il avait vus ou appris
dans le cours de ses voyages ; mais il avait
soin d'écarter tout sujet d'entretien qui

pût donner à M. Pastourel l'occasion de
faire une confidence trop franche de ses
sentimens et de ses actions , ce qui pourtant arrivait quelquefois au père un peu
cynique de notre héros , malgré tous ses
efforts pour se maintenir dans une dignité
paternelle. Ces deux hommes , en vérité,
n'étaient pas nés pour vivre sous le même
toit.

CHAPITRE VIII.

Nos deux voyageurs étaient arrivés à Londres. Il s'y trouvait plus de sûreté pour eux que dans une autre ville, et plus de facilités pour correspondre avec la France. Quoique logés dans le même hôtel, ils avaient des appartemens séparés. En attendant qu'Édouard reçût des nouvelles de ses amis, il voulut tirer parti de ses talens, et employer utilement ceux de son père, s'il était possible, pour diminuer le poids des obligations qu'il avait à madame de Norbelles. Il en parla bientôt à M. Pastourel, qui parut tout de feu pour seconder ses vues ; il fut frappé de l'abondance des ressources qu'il étala dans cette circonsance. En effet , son compagnon de voyage

parlait très-bien anglais : il connaissait
Londres comme Paris, et savait tout ce
qu'un étranger peut savoir sur les mœurs,
les usages et les goûts des insulaires. Il
proposa sur-le-champ d'employer la somme
qu'ils avaient apportée, soit à faire le com-
merce ou à élever une fabrique, soit à diriger un spectacle, à ouvrir un café ou
une taverne, ou même une maison de
jeu, etc. Son imagination parcourait toutes
les professions de la société. Dans toutes,
il voyait des moyens de succès infaillibles,
et il les démontrait avec une surprenante
sagacité. Sa confiance était vraiment en-
traînante ; elle ébranla même Édouard,
qui savait pourtant que si son père avait
d'incontestables talens en théorie, il n'é-
tait pas du moins heureux dans leur application. Il fut donc arrêté que M. Pastourel emploierait une grande partie de
leurs fonds dans une des branches d'industrie qui lui paraîtrait la plus productive.

Quant à notre héros, il s'établit professeur de langue et de musique. S'il eût été

5.

seul, il se serait modestement annoncé ;
par conséquent, il n'aurait point eu d'é-
coliers ; mais, grâce au savoir faire de
M. Pastourel, et aux fastueuses annonces
qui furent publiées à son insu pour le
faire connaître, il trouva des élèves, surtout parmi les riches gentlemens. Sa bonne
mine, et l'élégance décente de ses manières, l'y firent bientôt remarquer. Certainement, le beau professeur français serait
devenu à la mode, s'il eût voulu se prêter
au cours de ses succès ; mais il regardait
Londres comme une terre d'exil ; toutes
ses espérances et ses vœux se reportaient,
malgré lui, vers la région qui recélait les
plus chers objets de ses affections.

M. Pastourel avait, de son côté, commencé des entreprises avec un espoir de
succès fondé sur des calculs incontestables ; et cependant il avait dépensé une
grande partie de l'argent qui lui avait été
confié avant d'en avoir retiré les premiers
produits. D'après les comptes qu'il rendit
de ses opérations, Edouard n'eut pas de
peine à expliquer enfin les vicissitudes

auxquelles avait été soumise la vie d'un
homme dont les talens naturels auraient
enchaîné la fortune, s'ils eussent été dirigés par un esprit droit et conséquent : ce
qui néanmoins ne justifiait point à ses
yeux les désordres qui en avaient été la
suite.

Au chagrin que lui causait l'obligation
de montrer de l'intérêt et du respect à un
tel homme, se joignaient des sujets de
peine non moins amers pour son cœur :
le souvenir de madame de Norbelles venait, en dépit de ses efforts, le poursuivre
au milieu de ses travaux et des rares amu-
semens auxquels il pouvait se livrer ; et
comme aucune espérance ne s'attachait
plus à ce souvenir (il le croyait du moins),
il se voyait condamné à d'éternels regrets.
Pour comble de douleur, il ne recevait
point de lettres de ses amis, et ses inquiétudes sur leur sort égalaient celles que lui
causait naturellement sa situation précaire
et pénible.

Cependant, il cherchait quelques distractions dans ses devoirs et dans les ob-

servations qu'il était à portée de faire sur
les mœurs et le caractère de la nation anglaise ; de cette nation à laquelle il ne fallait, pour être à la tête de la civilisation,
que des qualités plus hospitalières, un
orgueil national moins offensant pour les
autres peuples, et un gouvernement qui
sacrifiât plus souvent à la morale univer-
selle l'intérêt de sa prospérité.

Aucun des monumens dignes d'être re-
marqués chez cette nation justement fière
de ses institutions n'échappait à l'examen
de notre voyageur. Un jour qu'il était allé
voir l'imposante basilique de Saint-Paul,
il fut tout-à-coup saisi de l'idée qu'il l'avait
déjà vue dans un temps éloigné. Il retrouva
dans sa mémoire une image confuse des
formes les plus saillantes de cet édifice.
Enfin, plusieurs accidens de localité qu'il
remarqua n'étaient pas nouveaux pour ses
sens : ce qui servit à l'en convaincre, c'est
que, par une détermination subite et spon-
tanée de l'esprit, ses yeux cherchèrent un
objet qu'il se rappela de même avoir vu
dans un autre temps, et qu'en effet il le

retrouva. Il fut frappé de cette étrange
particularité ; car, d'après ce que lui avait
assuré son père, il était né en France , et
il ne lui avait point entendu dire qu'il fût
venu, jusqu'à ce moment, en Angleterre.
Il essayait d'expliquer les impressions qu'il
éprouvait sur les souvenirs que lui aurait
laissés quelque description de Londres,
quand il entendit un perroquet du voisinage prononcer très - distinctement ces
mots : « *God save the king and John Bull
also.* » Aussitôt il sentit se réveiller une
sensation qu'avait produite autrefois, dans
son entendement, la voix et les paroles de
cet oiseau. Bientôt sa mémoire, secondée
par l'action d'un nouveau sens, lui retraça
plusieurs circonstances de ses premières
années qui s'en étaient effacées depuis
long-temps. Elles étaient, pour son imagination, comme les impressions d'un rêve
diffus, dont on cherche, au réveil, à suivre
les traces fugitives. « Oui, s'écria-t il enfin
avec un transport de joie, j'ai respiré jadis
l'air de ce lieu ; je n'en dois pas douter :
une portion de ma vie s'y est écoulée. Ce

qui peut agir si vivement sur mon imagination a dû frapper mes sens plusieurs
fois, assez souvent, pour m'en avoir laissé
une impression qui a résisté à tant d'années. Mes parens, quels qu'ils soient, devaient habiter près d'ici. Dieux! celui qui
se dit mon père ne serait-il qu'un imposteur qui, après m'avoir enlevé à ma famille, pense trouver quelque profit à me
faire encore sa dupe? Si j'osais en croire un
sentiment intérieur.... Mais ne pourrais-je
obtenir quelque indice plus sûr de la vérité? » Alors Édouard fixe ses yeux, avec
une avide curiosité, sur tous les édifices qui
entourent la place de Saint-Paul, si peu
digne d'ailleurs du monument qu'on y
admire. Il s'approche de chaque maison,
en examine la forme générale, et les diverses parties, pour y découvrir quelque
forme particulière dont l'image fasse re-
vivre en lui de nouveaux souvenirs. Ah!
s'il pouvait reconnaître la maison paternelle! Hélas! la plus opiniâtre recherche
ne lui offre aucun résultat satisfaisant. Sa
mémoire est restée muette aux pressantes

nterrogations qu'il n'a cessé de lui faire.
Déçu dans son attente, il ne perd pas cependant toute espérance ; le perroquet
dont la voix a si fortement agi sur son
imagination habitait peut-être la maison
où lui-même a passé une partie de son
enfance ; peut-être même était-ce à ses parens que cet oiseau appartenait. Tel est le
doux espoir qui agite alors son cœur, et
qui lui fait désirer de voir la personne
qui possède aujourd'hui l'animal si cons-
tant dans son patriotique langage. Il se
rend donc à la maison d'où le perroquet
se fait entendre : c'était une vieille mâsure
habitée par la famille d'un cordonnier.
Tout ce qu'Édouard peut apprendre en réponse à ses questions, c'est que cet artisan
a été le seul fils de son père, qui, en mou-
rant, lui a laissé sa maison, son petit ma-
gasin et le perroquet ; qu'il n'a, quant à
lui, perdu aucun de ses enfans ; et enfin,
qu'il n'a jamais entendu dire qu'on en ait
perdu dans son voisinage.

Dans la position où se trouvait notre
héros, il aurait presque regardé comme

un bonheur d'être le fils d'un honnête cordonnier; mais il n'avait pas même cette consolation. Las de ses pénibles recherches, il s'éloigna tristement d'un lieu où il avait, un moment, espéré que le hasard lui révélerait un important mystère. Toutefois, en réfléchissant à la découverte qu'il venait de faire, il se flatta qu'elle ne serait pas tout-à-fait infructueuse; il crut même avoir trouvé le moyen d'en tirer parti, pour savoir au moins si le titre que s'arrogeait M. Pastourel était bien légitime.

Pour parvenir à son but, il lui fallait user de dissimulation; et c'était un rôle bien difficile pour lui, malgré les leçons de diplomatie qu'il avait reçues du marquis de Fleurancourt. Cependant, comme il y allait, dans cette affaire, du destin de sa vie, il triompha de sa répugnance pour un rôle si contraire à la franchise de ses sentimens. Aussitôt qu'il put se trouver avec M. Pastourel, il lui dit, en amenant un à propos, et prenant, autant qu'il lui fut possible un ton d'indifférence : « En

parcourant les rues de Londres, j'ai
éprouvé plusieurs fois une impression qui
vous paraîtra comme à moi, bien extraordinaire. L'aspect de cette grande ville, la
physionomie de ses habitans, et la langue
anglaise, dont l'accent si remarquable
frappe à chaque instant mon oreille ; tout
cela, le croiriez-vous, me reporte, il est
vrai d'une manière confuse, à un temps
éloigné où je me serais trouvé dans une
semblable situation. Il me paraît que mes
sens ont été déjà frappés des mêmes objets que ceux dont je reçois l'impression
depuis notre arrivée à Londres. N'est-ce
pas bien singulier ? — Oui, parbleu, dit
M. Pastourel, avec un air d'étonnement
et une sorte d'inquiétude qui n'échappa
point à son interlocuteur, c'est en effet
fort singulier..... A la verité, je m'en souviens à présent ; vous êtes venu déjà une
fois à Londres avec moi ; mais vous étiez
trop jeune.... pour que vous puissiez vous
le rappeler. Il est donc très-surprenant...
— Aussi, n'ai-je conservé que de vagues
souvenirs, de faibles réminiscences qui

ne se rattachent à rien de fixe. Cepen
dant, la vue du pont de Wetsminster, d
cette belle Tamise, et de la multitude de
vaisseaux qui la couvrent, reproduit e
moi, plus particulièrement, la sensatio
que j'ai cherché à vous exprimer. Il est
probable que pendant notre premier séjour dans cette ville, j'ai eu plus d'occasion d'être frappé de ce spectacle, que
de tout autre. Peut-être, demeurions-
nous tout près?.... — C'est la vérité, mon
enfant, dit M. Pastourel saisissant cette
ouverture avec empressement; je diri-
geais alors un fort joli spectacle qui amu-
sait beaucoup les marins; mais au bout
de plusieurs mois de prospérité, je quittai Londres, par le chagrin que me causa
la mort de votre frère aîné. » Cet aveu fit
éprouver à Edouard un mouvement de
joie qu'il put à peine contenir. « Ainsi,
se dit-il à lui-même, ce n'est pas à lui que
je dois la naissance. Tout me prouve qu'il
n'est qu'un imposteur. Je pourrai donc,
sans outrager les lois et la nature, le mépriser du fond de mon cœur. » Il fut sur

point de faire éclater sa pensée, d'avoir
ne explication ouverte avec l'homme qui,
on content de l'avoir enlevé à sa famille,
t au bien-être qu'il pouvait attendre de
ı naissance, usurpait encore un titre
ıcré pour consommer son crime. Toute-
ɔis, il fut arrêté à temps, par une ré-
exion qu'on trouvera peut-être sensée.

Notre héros avait bien la conviction
ntime que M. Pastourel n'était pas son
ère; mais comment le prouver? Com-
ñent parvenir ensuite à connaître ses vé-
itables parens? Voilà ce qui lui paraissait
lifficile. Il n'avait guère l'espoir d'obtenir
e secret de l'usurpateur, soit en em-
ɔloyant l'éloquence du sentiment, soit
n usant de violence; et il n'était pas en
ɔtat de le lui acheter, puisqu'il lui avait
emis la plus grande partie de l'argent
qu'il avait apporté. Promettrait-il de l'en
payer généreusement par la suite? Et
quelle garantie pourrait-il donner de ses
promesses? Serait-ce ses propres parens?
En supposant qu'ils vécussent encore, seraient-ils contens de le retrouver? Il ne

faut pas beaucoup d'années pour change
la situation d'une famille, pour en éteir
dre les affections. Parlerait-il de madam
de Norbelles ?.... Mais devrait-il songer
imposer à sa générosité de nouveux sacr
fices? Et puis, par cela même qu'il aurai
pu se résoudre à offrir une telle garantie
l'avide imposteur n'aurait-il pas toujour
trouvé le même intérêt à se dire le pèr
d'un jeune homme qui avait tant de droit
sur les affections d'une riche comtesse

Tels étaient les obstacles qui troublè
rent la joie d'Edouard, et qui l'empê
chèrent de brusquer une explication dé
cisive avec son père de contrebande. Il s
détermina donc, avant d'en venir à c
moyen extrême, à se procurer, s'il étai
possible, de nouvelles lumières qui lu
permissent de faire éclater la vérité. il re
nouvela ses visites à la place St.-Paul
prit des informations chez la plupart de
personnes qui demeuraient sur cette place
mais ses recherches n'eurent aucun succès

Pendant qu'il supportait, avec une impatience mortelle, l'obligation de cacher

ses sentimens à un misérable aventurier,
il reçut enfin une lettre de madame de
Norbelles. « Cher Edouard, lui écrivait-
» elle, je sors des portes du tombeau.....
» Tout ce que j'ai souffert, était au-dessus
» de mes forces.... Comment ai-je pu sur-
» vivre aux efforts que j'ai faits, en vain,
» pour renoncer à mes plus chères illu-
» sions ? Je suis rendue à la vie et à l'a-
» mour..... mais au bonheur.... Hélas !.....
» vous avez été ma première pensée quand
» j'ai retrouvé le sentiment de l'existence,
» comme vous en aviez été la dernière.
» Où est le temps où cette pensée était
» seule de la félicité ?... Ce n'est pas uni-
» quement sur mon sort que je verse des
» larmes ; le vôtre, ô mon ami ! m'en fait
» répandre qui sont bien amères. Vous
» devez être malheureux, Edouard !.....
» mais vous saurez mieux, je l'espère,
» supporter notre infortune, qu'une faible
» femme, qui se plut à rattacher à un seul
» sentiment tous les intérêts de sa vie.....
» Ah ! que le ciel ne vous a-t-il fait naître
» du plus pauvre laboureur ! S'il eût ho-

» noré son indigence par des vertus, je
» serais allé chercher sa bénédiction dans
» sa chaumière....... Je l'appellerais aussi
» mon père!.... Cruels regrets! Ah! puis-
» je ne pas les exprimer, quand ils revien-
» nent toujours à ma pensée?...... Faut-il
» donc rejeter toute espérance? Non,
» Edouard, non; je ne perdrai la mienne
» qu'avec la vie. Ne sommes-nous pas
» tous les deux dans le printemps de no-
» tre âge? Il est troublé par une affreuse
» tempête; mais que de beaux jours peu-
» vent succéder à l'orage.... Il y a des liens
» qui résistent à tous les efforts des hom-
» mes et du temps.... Espérez donc pour
» que je puisse supporter ma douleur et
» la vôtre.... »

« O dieux! s'écria Edouard après la
lecture de cette lettre, femme adorable!
ta vie a donc été menacée? Une vie que je
rachèterais cent fois de la mienne. Et c'est
par moi que tu l'aurais perdue!... Mais,
elle est sauvée. Tu vivras donc encore
pour l'amour. Pour l'amour! que dis-je?
Suis-je devenu plus digne de son cœur?

je ne sais encore ce que je suis...... Du moins, elle n'aura pas aimé le fils d'un vil escroc. Je n'aurai point, je l'espère, à rougir de ma famille; un jour, peut-être, je la connaîtrai! Oh! quand ce jour arrivera-t-il? Hélas! le secret de ma naissance est à la merci d'un fripon. Mais je veux lui arracher ce secret, démasquer son imposture, dussai-je employer contre lui le droit de la force. »

En se proposant d'user de moyens violens dans cette affaire, Edouard oubliait qu'il est fort difficile de faire parler un homme malgré lui, et un homme de la trempe de M. Pastourel, à qui la vue de l'or pouvait seule rappeler qu'il était encore sensible à quelque chose. Au reste, sa situation lui paraissait, en ce moment, si révoltante, qu'il voulait en sortir à tout prix.

Il avait trouvé, joint à la lettre de la comtesse, le contrat d'une rente de trois mille francs, constituée au profit du sieur Pastourel; et des larmes avaient coulé de ses yeux, à ce nouveau bienfait de sa

5*

noble amie. Oh ! combien il se félicita de
ne l'avoir reçu qu'après l'heureuse découverte qu'il avait faite sur le compte de
ce fourbe. Il commença par anéantir l'acte,
et il songea ensuite à en venir de force ou
de gré, au dénoûment de l'indigne farce
dans laquelle il avait joué trop long-
temps un rôle de dupe.

CHAPITRE IX.

D'après la résolution qu'il avait prise, Édouard se rendit chez M. Pastourel; mais il ne l'y trouva pas : en attendant son retour, il sortit pour remplir quelques devoirs de sa nouvelle profession. Il passait sur une place où était rassemblée une foule de gens du peuple, lorsqu'il entendit prononcer à haute voix le nom de *Gambadoro*; ce nom qui fut le sien autrefois, qui toujours frappa désagréablement son oreille, lui causa un saisissement inexprimable : il s'arrêta tout-à-coup, comme si un précipice se fût ouvert sous ses pas. Craignant d'avoir été reconnu par quelque Français disposé à l'offenser, il jeta autour

de lui des regards inquiets et presque furieux ; mais il n'aperçut personne qui pût
le confirmer dans cette opinion. Cependant, il entendit encore le nom de Gambadoro retentir dans les airs. A l'extrême
surprise qu'il éprouvait, se joignit un vif
mouvement de curiosité : il s'approcha le
plus qu'il put, en perçant la foule, du
point où s'était fait entendre la voix qui
lui avait rappelé des sensations pénibles :
alors il aperçut une troupe de bateleurs
et de joueurs de gobelets, et au milieu d'eux
un jeune homme dont on admirait la force
et l'adresse ; c'était ce jeune homme qui
portait le nom sous lequel il avait lui-
même acquis tant de gloire. En le voyant,
Édouard laissa échapper un profond soupir. « Voilà, se dit-il, le métier que la profonde scélératesse d'un homme m'avait
condamné à remplir. Il me destinait à
vivre dans l'abjection, ou à mourir par
quelque funeste accident. Peut-être ce
jeune homme a-t-il été, comme moi, ravi
à sa famille, pour être la victime d'une
odieuse spéculation ?...... Mais, par quel

hasard porte-t-il le nom de Gambadoro ?
Les personnes qui le lui ont donné au-
raient-elles eu quelques relations avec
celui qui se dit mon père ?... ou l'aurait il
reçu de ce fourbe même ? Cela serait possible.»A cette idée, l'imagination d'Édouard
s'enflamme rapidement; il lui tarde de voir
la fin du spectacle, pour interroger soit
son homonyme, soit quelque autre personne de la troupe. En attendant, il ob-
serve, avec une avide attention, les acteurs
de tout âge qui la composent; il cherche
des souvenirs dans leurs traits et dans l'expression de leurs physionomies; mais rien
ne parle à sa mémoire. Pendant qu'il se
livre à cette investigation, une femme vient
lui présenter une corbeille destinée à contenir la rétribution des spectateurs. Cette
femme, vêtue d'un costume grotesque,
paraissait avoir environ quarante ans ; ses
traits rudes et sa peau basanée avaient
conservé pourtant quelques traces de
beauté : on pouvait croire qu'ils avaient
été flétris avant le temps, puisqu'elle avait
encore assez de vigueur pour figurer au

nombre des acteurs de la troupe. Édouard,
au lieu de tirer sa bourse pour répondre
à son appel, tenait les yeux fixés sur elle
avec une inquiète curiosité, sans pouvoir toutefois se rappeler sa physionomie.
Alors elle lui dit, en mauvais anglais,
prononcé avec l'accent italien : « Allons,
mon beau gentilhomme, quelque chose
pour la Rosalinda, la mère de *l'incompa-*
rable Gambadoro. » Ces mots, et le son de
la voix qui les prononçait, causèrent une
singulière émotion à notre héros. Ils se
rattachaient à des circonstances éloignées
dans lesquelles il était sûr de s'être trouvé.
Certainement, il avait entendu ailleurs la
voix qui venait de frapper son oreille : il
pensa aussitôt que la femme qui lui parlait avait appartenu à la troupe de M. Pastourel, dans le temps où il en faisait aussi
partie, et il en conçut l'espoir qu'elle
pourrait l'aider à pénétrer le mystère de
sa naissance. Après avoir contribué généreusement à grossir la recette du spectacle, il dit en italien, à la femme qui la
percevait, qu'il s'intéressait beaucoup à

Gambadoro, et qu'il désirait avoir un entretien particulier avec la mère. « Avec
moi! répondit-elle, avec une surprise très-
caractérisée. *Cospetto! che bravo giovino!*
Allez, vous avez trop tardé de vingt ans,
entendez-vous, monsieur le Français; car
vous l'êtes, et même tant soit peu Gascon. »
Édouard, après avoir ri de cette réponse,
lui dit qu'elle avait mal compris sa proposition; et il la pria sérieusement de lui
procurer le moyen de l'entretenir d'une
affaire à laquelle il prenait un grand intérêt. Il eut soin en même temps de l'assurer qu'elle recevrait le prix de sa complaisance. La *Virago* ne se fit pas prier da-
vantage : elle lui dit qu'elle allait d'abord
quitter son costume de parade, et qu'elle
serait ensuite disposée à l'écouter.

En attendant son retour, Édouard, se
livrant à ses réflexions sur cette singulière
rencontre, se rappela que son père supposé lui avait dit qu'il croyait sa femme
encore vivante. « Eh! si c'était elle que je
viens de voir! se dit-il avec un sentiment
de joie. Justement, elle avait emmené un

fils moins âgé que moi : or, ce jeune homme dont elle est la mère a tout au plus dix-sept ans ; quelle heureuse circonstance pour le succès de mes recherches ! Oui !... mais... si cet homme, me disant la vérité sur ce point, ne m'en a pas imposé non plus sur l'article de ma naissance ?... Si je m'étais laissé abuser moi-même par des indices trompeurs ? En effet, ils sont uniquement fondés sur de vagues souvenirs ; et peut être ai-je pris les vœux de mon cœur pour des réalités. O ciel ! s'il en était ainsi, cette femme serait donc ma mère ? je serais le frère de ce jeune... Mais Pastourel m'a dit en même temps que sa femme était Anglaise ; et la Rosalinda est certainement Italienne... Eh ! qui pourrait distinguer le faux du vrai dans les paroles de cet homme-là ? Hélas ! je ne sais à quoi m'arrêter ; je ne distingue plus rien au milieu du nuage épais qui enveloppe mes idées. Si les lumières que j'ai désirées, que j'attends de cette femme, allaient devenir une nouvelle source de peines !..... N'importe : je veux être enfin éclairé sur mon sort. Du moins, je n'aurai plus à souffrir les angoisses de l'incertitude. »

Après quelques minutes d'attente Edouard vit venir la Rosalinda, vêtue d'une manière plus décente qu'il n'aurait osé l'espérer. Il la conduisit aussitôt dans la taverne la plus voisine. Lorsqu'il se crut bien assuré de la prudence de son plan inquisitorial, il lui dit avec un ton de politesse simple mais aimable : «Madame, croyez-bien d'abord que je n'ai aucune prévention contre l'état que vous exercez. Je sais qu'on y peut conserver une exacte probité. J'espère donc trouver en vous toute la bonne foi qu'on a droit d'attendre des honnêtes gens de toute autre profession. — Monsieur, répondit la dame, quant à moi je suis bonne chrétienne, grâce à Dieu! si je ne suis pas une sainte, je suis au moins incapable de trahir la confiance d'un beau et honnête jeune homme.—Il suffit, je saurai récompenser votre bonne foi. Vous nommez votre fils *Gambadoro* : C'est un nom de parade comme un autre ; mais en

l'entendant prononcer tout-à-l'heure, j'ai
éprouvé la plus grande surprise. Je me
suis rappelé avoir vu en France, il y a
environ douze ans, un enfant du même
nom qui faisait partie d'une troupe foraine comme la vôtre. — En France! dit
Rosalinda d'un air surpris: il y a douze
ans! Je n'y étais pas. — L'enfant dont je
vous parle pouvait avoir huit ou neuf
ans. — Ce n'est pas mon fils qui aujour-
d'hui n'en à guère que seize. — Sans
doute; mais peut-être a-t-il eu un frère
aîné qui portait le même nom... — En
effet, il eut un frère plus âgé. Hélas! celui-
là, je l'ai perdu dans cette ville même.
Le pauvre enfant se tua en tombant de
la corde. » A cet aveu Edouard se sou-
vint d'avoir entendu dire à Pastourel qu'il
avait perdu son fils aîné par le même accident. Il fut alors convaincu, qu'il avait
devant les yeux la femme de cet aventurier.
Alors tout tremblant de l'idée qu'elle
pouvait être sa mère, il lui demanda
d'une voix timide si elle n'avait pas eu
d'autre enfant. Elle répondit que non.

« Ainsi, dit notre héros avec un transport
de joie, le *Gambadoro* dont je parle
n'était point votre fils. — Mais, monsieur,
dit la Rosalinda de plus en plus surprise,
quel intérêt prenez-vous à cela ? — Vous
le saurez : continuez, je vous prie, de me
répondre avec confiance. Je désirerais
savoir maintenant comment il se fait que
cet enfant ait eu le nom que porte votre
fils. Il faut que vous ayez eu des relations
avec ses parens. — Avec ses parens ! dit
la Rosalinda, en regardant Edouard d'un
air inquiet. — Oui, ils étaient de la
même profession que vous ; son père ou
celui qui passait pour tel était un Français nommé Pastourel. » Avant que le
mot fût achevé, cette femme se leva dans
un fougueux transport de fureur. Ses yeux
hagards paraissaient prêts à lancer tout
le sang qui affluait à son visage. « Oui,
s'écria-t-elle, je l'ai connu ce scélérat,
ce démon exécrable ! Que n'a-t-il été
anéanti par la foudre avant le moment où
j'ai vu sa figure infernale ? Le monstre !
il m'a enlevée à ma famille. Il a flétri ma

6.

jeunesse. Après m'avoir traitée comme
une esclave, il m'a laissée, moi et l'enfant
que vous avez vu, mourans de fatigue et
de misère à cinq cent lieues de mon pays.
Oh que n'ai-je pu le rencontrer depuis?
Quelle joie j'aurais eue à répandre tout
son sang, à le voir expirer de rage.....»
Il y avait une expression terrible dans
tous les traits de cette femme, dans ses
gestes convulsifs, et jusque dans le son
de sa voix. Edouard en éprouvait une
sorte d'effroi mêlé de compassion. « Pauvre Rosalinda, lui dit-il, avec un doux intérêt, pardonnez-moi de vous avoir rappelé des malheurs que j'ignorais; mais
ils sont si éloignés! — Éloignés. Il y a
quatorze ans à peine......... J'y penserais
encore pour me venger, après mille années. — Allez! ce misérable expiera tôt
ou tard tout le mal qu'il a fait. — Il expiera, dites-vous? il existe donc encore,
comment le savez-vous? — Je vous l'ap-
prendrai. Calmez-vous, pauvre femme.
Ecoutez-moi; d'autres que vous ont été
ses victimes : par exemple, l'enfant qu'il

avait avec lui sous le nom de Gambadoro n'était point son fils. Je sais qu'il a été enlevé à ses parens dans cette ville même, non loin de la place saint Paul. . . . . . et vous ne pouvez pas l'ignorer. — Saint Paul! O ciel! comment est-il possible? il a donc avoué. . . . — Rassurez-vous, bonne Rosalinde, si vous eûtes part à cette mauvaise action, elle vous sera pardonnée, et si vous pouvez contribuer à la réparer, vous serez même récompensée. — Ah! que Dieu et la sainte Vierge me pardonnent de même. C'est le plus grand péché de ma vie. Mais que pouvais-je refuser à ce fils de Belzébut qui m'avait ensorcelée. » Edouard enchanté de cet aveu, prit les mains de la Rosalinda qu'il serra dans les siennes avec des transports de joie. Oui, lui dit-il, je vous pardonne, je vous le jure sur l'honneur. — Vous! comment!... — Je suis l'enfant que.... — Oh! sainte Notre Dame! que la providence est grande! C'est vous que j'ai porté long-temps dans mes bras: que j'ai eu tant de peines à consoler. Ah! du moins je ne vous ai jamais maltraité, moi. Vous m'étiez devenu presque aussi cher que mon pauvre enfant. J'ai bien tremblé pour vous quand vous êtes resté entre les mains d'une autre femme, de cette envoyée de l'enfer... ne parlons plus de cela: je suis trop heureuse que ma faute n'ait pas eue de plus méchantes suites. — Jusqu'ici, le sort m'a favorisé, bonne Rosalinda, mais puis-je espérer un vrai bonheur tant que je n'aurai pas retrouvé mes parens? —Vos parens !... J'ai cru que le scélérat avait tout avoué...... — Je ne sais pas encore quelle est ma famille. Allons, je vous en conjure, réparez vos torts en me la faisant connaître. — Miséricorde! mon cher enfant, j'ignore quels sont et où sont vos parens. Lui seul pourrait le savoir. Voici tout ce que je me rappelle : il cherchait un joli enfant pour remplacer celui que nous avions perdu ; et un soir que nous avions travaillé sur la place Saint-Paul, il trouva le moyen de vous attirer près de nous. Ensuite il m'ordonna de vous emmener à notre logis: ce que je fis avec bien du regret, en vous donnant des gâteaux. Vous pouviez alors avoir trois ou quatre ans. Vous étiez en vérité joli comme un petit ange avec vos beaux habits. Je me rappelle encore que vous aviez suspendu au cou je ne sais quel bijou sur lequel il y avait des mots écrits en anglais. Le misérable vous ôta ce bijou que je n'ai jamais revu depuis. Nous quittâmes bientôt l'Angleterre. Ce fut environ deux ans après cet événement, que je tombai malade, et restai abandonnée dans un petit village de l'Allemagne. — Vous ne savez rien de plus sur mon compte. — Hélas! non. — J'avais, dites-vous à peu près quatre ans. A cet âge on sait fort bien le nom de ses parens. J'ai dû les demander plusieurs fois. — Mais... en effet! Sainte Dame de Lorette! comment disiez-vous donc? je devrais m'en souvenir puisqu'on a eu tant de peine à vous le faire oublier. Je vous avais donné le nom de mon premier enfant; et quand je vous disais: Carlo! vous répondiez avec colère : pas Carlo : Ed... Edouard. C'est cela! justement. — Edouard! c'est

bien singulier ! mais. . . mon nom de famille ! — Vous le disiez moins souvent ;
cependant, attendez : Edouard Nel.. mel..
oh ! mon Dieu ! j'ai tant souffert depuis,
que toutes les idées de ce temps-là... pardonnez-moi, mon jeune monsieur , tout
s'est brouillé dans ma tête. »

Notre héros était désespéré de n'avoir
pas obtenu de plus amples renseignemens.
Mais les détails qu'il venait d'apprendre
étaient précieux ; et il vit bientôt quel
parti on pouvait en tirer contre M. Pastourel. Après avoir offert à la Rosalinda tout
ce qu'il avait d'argent, il promit de lui en
donner d'autre , si elle consentait à le seconder dans les mesures qu'il prendrait
pour retrouver sa famille. « Bon jeune
homme, lui dit-elle, je n'ai pas besoin de
votre or pour vous servir de tout mon
cœur : je ne pourrais plus vivre en paix
si je ne vous savais tout-à-fait heureux. »

Avant de se séparer de la Rosalinda,
Édouard eut soin de se faire dire où il
serait sûr de la retrouver ; et il revint à
son hôtel, le cœur ouvert à de nouvelles
espérances.

CHAPITRE X.

D'après l'heureuse rencontre qu'il venait de faire, Édouard aurait pu traîner Pastourel devant les tribunaux, et lui opposer un témoin terrible de son délit; mais il n'oubliait pas qu'il avait reçu de ce fourbe un service réel; et il ne voulait l'exposer ni aux rigueurs des lois, ni à la vengeance de sa femme. Il préféra d'être lui-même son interrogateur et son juge, en lui faisant connaître toutes les particularités qu'il avait apprises; sauf à lui donner la crainte des tribunaux et du poignard de la Rosalinda, s'il ne pouvait lui arracher autrement une entière confession.

Il était tard quand il rentra chez lui. On lui dit que son père l'avait demandé pendant son absence ; qu'il s'était fait ouvrir son appartement pour l'y attendre; et enfin qu'il y avait laissé un billet , se disant obligé de sortir. En effet, Édouard trouva une lettre de M. son père , laquelle était ainsi conçue :

« Mon cher enfant, j'ai joué de malheur
» avec toutes les chances de succès. J'avais
» entrepris une excellente affaire; mais j'ai
» usé de probité avec des coquins, ainsi
» que vous l'auriez fait vous-même ; et j'ai
» succombé comme de raison; de plus , ils
» ont obtenu des mandats d'arrêt contre
» moi : j'ai dû songer à la fuite. Cependant,

    » Tout vaincu que je suis , et voisin du naufrage ,
    » Je médite un dessein digne de mon courage. »

» La guerre qui se fait entre l'Angleterre
» et ses colonies de l'Amérique m'offre une
» belle occasion de remettre ma barque à
» flot. Un de mes amis m'a intéressé dans
» les fournitures de l'armée qui part pour
» la Nouvelle-Angleterre. Je vais m'embar-

» quer pour Boston. Mais il me fallait de
» l'argent pour commencer. Ne vous trou-
» vant pas chez vous, et persuadé que
» vous ne laisseriez pas votre père dans
» l'embarras, j'ai pris, à titre d'emprunt,
» de l'argent dans votre secrétaire, que
» vous aviez laissé ouvert par imprudence.
» Avec vos talens et votre figure, vous ne
» sauriez jamais manquer de ressources;
» ce qui est une douce consolation pour
» mon cœur. D'ailleurs, vous pouvez écrire
» à votre aimable comtesse, pour qu'elle
» nous envoie de nouveaux fonds; car, en
» conscience, elle ne doit pas se croire
» quitte avec moi. Vous m'en ferez passer,
» quand vous en aurez, à Boston, chez
» James Stroung, sur le port. Peut-être
» feriez-vous bien d'y venir aussi : je vous
» le conseille même; car j'ai lieu de penser
» que je pourrai vous aider à fixer votre
» sort d'une manière qui vous surprendra
» très-agréablement. Je suis en attendant,
» mon bon et digne fils, votre affectionné
» père,

B. P. »

« L'audacieux coquin ! s'écria Édouard
après la lecture de cette douce épître. Je
suis donc encore sa dupe ! Il m'échappe
au moment où je l'aurais démasqué, où
je me serais affranchi de sa fatale influence;
et il emporte avec lui le secret d'où dépend
le sort de ma vie. Oh ! si jamais nous nous
retrouvons sur quelque coin de la terre... »
Tout en exhalant sa colère, il alla voir
machinalement dans quel état M. Pastourel avait laissé les finances de son cher
fils ; il ne retrouva que ce qui était échappé
probablement à l'œil du faiseur d'affaires;
c'était bien peu de chose ; mais la perte
de son argent fut pour lui, dans cette circonstance, le moindre de ses chagrins.
Après cette cruelle mésaventure, il ne lui
fut guère possible de goûter les douceurs
du sommeil. Cependant, il n'était pas au
bout de ses perplexités ; il se disposait le
lendemain à sortir, lorsqu'un constable se
présenta chez lui, et lui demanda s'il se
nommait Pastourel. « C'est en effet le nom
sous lequel je suis connu dans cet hôtel ;
mais il n'est pas le mien. — On assure pour-

tant, répondit l'officier de justice, que vous êtes le fils et l'associé d'un homme du même nom que nous venons arrêter dans cette maison. — Heureusement, je ne suis ni l'un ni l'autre; je puis le prouver. — Ce n'est pas à moi, monsieur, de juger des preuves que vous pourriez en donner : vous les ferez valoir près du juge de paix. j'ai l'ordre de vous conduire devant lui. »

Notre héros accompagna le constable chez le magistrat de paix; et, plus heureux cette fois qu'il ne l'avait été à Paris dans une situation semblable, il lui fut permis de faire le voyage en voiture. Lorsqu'il fut en présence du juge, il lui sembla que ses traits ne lui étaient pas inconnus; mais il n'eut pas le loisir d'éclaircir ses doutes sur cette particularité.

Le lord-juge, prenant un ton indulgent, mais réservé, lui demanda quel était son nom, son pays.

« Mylord, répondit Édouard avec une confiance décente, de malheureuses circonstances m'ont empêché jusqu'ici de connaître ma famille. Traité depuis mon enfance comme un orphelin, j'ai porté tour à tour plusieurs noms que m'ont donné les divers protecteurs de ma jeunesse. J'ai lieu de me croire Français, puisque j'ai toujours demeuré en France jusqu'à mon arrivée à Londres, il y a quelques mois.

Demande. «Quoi qu'il en soit, c'est sous le nom de Pastourel que vous êtes connu dans l'hôtel où vous logez?

Réponse. « Il est vrai. Des événemens extraordinaires m'ont fait regarder comme un devoir de prendre le nom d'un homme peu estimable qui se disait mon père; mais par un hasard presque miraculeux, j'ai eu le bonheur d'apprendre que je ne suis point son fils.

D. « Êtes-vous dans le cas d'en fournir la preuve?

R. « Je serais obligé, pour appuyer le seul témoignage que je puisse faire valoir, de raconter les aventures de ma vie; mais un récit qui porterait, je le crois, la conviction dans l'esprit d'une personne favorablement disposée pour moi, n'aurait

reut-être pas le même avantage aux yeux
de mon juge, en supposant qu'il daignât
même l'entendre.

D. « Nous devons tout entendre; mais
aussi nous ne devons admettre que des
preuves légales. C'est comme fils de Pastourel que vous paraissez devant moi, et
comme accusé d'avoir passé des marchés
frauduleux, prévenu enfin du délit de fé-
lonie.

R. « Il n'y eut jamais entre lui et moi
aucune association d'affaires; seulement,
me croyant son fils, et lui devant de la reconnaissance pour un service qu'il m'avait
rendu, je lui ai fait des avances de fonds;
mais sans passer aucun acte avec lui.

D. « Il est certain qu'il a souscrit des
billets avec la signature de Pastourel père
et fils.

R. « Je n'ai aucune connaissance de ce
fait. Il n'y était nullement autorisé.

D. « Quels motifs vous ont amené dans
cette ville?

R. « J'y suis venu, je l'avoue, pour éviter d'être arrêté en France, à la suite d'une

malheureuse affaire d'honneur, où j'ai été
gravement provoqué.

D. » Par conséquent, vous n'avez pas
de droits à l'intervention de l'ambassadeur
de France?

R. » Il est vrai, mylord.

D. » Quels sont vos moyens d'existence
dans cette ville ?

R. » Je donne des leçons de français et de
musique. Malheureusement, les fonds que
j'avais apportés m'ont été enlevés par ce
misérable Pastourel; mais je peux toujours
compter sur mes amis de France.

D. » J'examinerai les charges de l'accu-
sation qui pèse sur vous; mais je dois
m'assurer de votre personne. Je veux bien
vous servir de caution : vous resterez, en
conséquence, prisonnier dans ma maison,
au lieu d'être conduit à la prison du Roi. »

Après cet interrogatoire, on fit passer
Édouard dans une pièce voisine, dont la
porte fut fermée sur lui. Il fut étrangement
surpris de se trouver dans une très-belle
bibliothèque; et il pensa que si c'était la
prison qu'on lui destinait, il ne serait pas

très-à plaindre. Il y était depuis une demi-
heure, quand il vit entrer le juge, accompagné d'une jeune dame. Au premier regard qu'il jeta sur elle, il ne put retenir
une exclamation d'étonnement : il la reconnut pour être la jeune lady qu'il avait
rencontrée dans une auberge lorsqu'il re-
venait de l'Université. Si le lecteur veut
bien se transporter à cette époque de notre
histoire, il se souviendra peut être de la
circonstance dans laquelle Édouard eut
occasion de rendre service à cette dame et
à son mari lord Willesby, lequel est notre
juge de paix. Dès-lors, on ne sera pas surpris que les traits de la belle anglaise soient
restés mieux gravés dans sa mémoire que
ceux du noble époux.

Le lord, prenant les mains d'Édouard
avec une franche cordialité, lui dit, après
l'avoir présenté à sa femme : « J'étais loin
de croire que j'aurais aujourd'hui pour
prisonnier le jeune Français qui m'a laissé
un si honorable souvenir; j'ai, en vérité
tremblé comme un enfant, quand je vous
ai reconnu au nombre des mauvais sujets

6*

qu'on m'amène. Grâce à Dieu ! je suis plus
tranquille. Je tiendrais mille guinées contre
une que vous n'avez rien à vous reprocher.
Ce n'est donc plus un juge qui vous inter-
rogera, c'est un ami.» — «Mylord, répondit Édouard pénétré de reconnaissance,
l'un et l'autre trouveront chez moi la
même sincérité ; mais le titre d'ami dont
vous m'honorez impose de nouveaux sentimens à mon cœur. Non, je n'ai point de
reproches à me faire dans cette circonstance. Hélas ! je voudrais être aussi fondé
à dire que je n'ai pas été une dupe. —
Dupe ! j'aime mieux cela, jeune homme ;
c'est assez le lot des braves gens. — Mon
Dieu ! mon cher, dit alors lady Willesby,
vous avez bien fait de reconnaître notre
aimable compagnon de voyage ; je suis
très-contente, en vérité, de le voir dans
notre Londres. Vous êtes aussi mon prisonnier, entendez-vous : vous ne sorti-
rez d'ici que pour vos affaires ou vos plaisirs. »

Après avoir reçu de nouveaux témoignages d'intérêt, Édouard fit connaître à

ses nobles hôtes par quel enchaînement
de circonstances il se trouvait prévenu
d'un délit dans la capitale de la Grande-
Bretagne. Il raconta les événemens de sa
vie, dignes de quelque attention, en héros
de roman qui désire intéresser, mais en
homme qui sait observer les convenances.
Il avoua franchement le tort qu'il avait eu
de paraître sous un faux titre dans la
haute société de Paris, sans nommer pourtant la belle dame qui fut la seule cause
de cette imprudence. Cependant, il n'eut
qu'à se féliciter de l'impression que son
récit produisit dans l'esprit de ses auditeurs.

Lady, qui en avait éprouvé le plus d'intérêt, fit plusieurs questions à Édouard
sur la jeune comtesse, qu'il avait signalée
comme sa simple protectrice; et quoiqu'il
mît beaucoup de réserve dans ses réponses,
elle n'en devina pas moins le véritable
nom qu'il fallait donner au zèle de la dame
française pour son jeune protégé. Quelle
femme s'y serait trompée ! Toutefois, cette
circonstance ne parut pas changer les sen-

timens de bienveillance que lady Willesby
lui avait d'abord témoignés.

Quant au juge de paix, non moins furieux qu'Edouard contre Pastourel, il
jura qu'il emploierait tout son crédit pour
le faire arrêter ; mais l'habile fripon, aidé
par d'autres gens de sa profession, avait
pris les plus sages mesures pour échapper à toutes les poursuites.

Les distractions agréables que notre
héros trouvait dans la maison de ses hôtes,
ne lui faisaient point perdre de vue l'affaire la plus importante pour lui. Il eut
soin de revoir la Rosalinda, pour en obtenir de nouvelles lumières sur les auteurs
de sa naissance. Cette malheureuse femme
eut un accès de colère effrayant, quand
il lui apprit ce qui s'était passé entre lui
et Pastourel, et comment cet enfant de
Belzebuth avait échappé à leur vengeance.
Au reste, les sentimens violens qu'elle
éprouva dans cette circonstance, eurent
un résultat qu'on n'avait pas prévu. Ils
réveillèrent chez elle, à ce qu'il parut, des
impressions que le temps avait effacées,

et donnèrent à sa mémoire une nouvelle énergie. Après avoir été quelques instans, comme absorbée par de profondes réflexions, elle s'écria tout-à-coup avec un mouvement d'enthousiasme: «Je l'ai trouvé! Sainte-Vierge, quel bonheur! cher jeune homme! j'ai trouvé enfin votre nom de famille. — Serait-il possible! dit Edouard transporté de joie. — Oui, vous vous nommez Edouard Nelson; je m'en souviens maintenant : vous me l'avez dit bien des fois. — Nelson!.... et je ne vous ai point dit où était la maison de ma famille à Londres. — Non, ou je l'aurai oublié; mais vous m'avez dit que vos parens étaient dans la Nouvelle-Angleterre.» Au même instant, Edouard se rappela le passage de la lettre de Pastourel, où ce misérable lui conseille d'aller dans cette colonie. « Certainement, pensa-t-il, ce n'est pas sans motif qu'il me donne ce conseil; qu'il m'assure de pouvoir y fixer mon sort. Le nom de mes parens lui est connu; et sans doute il sait qu'il sont en Amérique. Il a l'intention, je le vois, de vendre à ma famille, comme une dernière ressource, le secret dont il se croit seul dépositaire. Oui, je dois aller à Boston. Puis-je hésiter à faire un voyage de quelques mois avec l'espoir de retrouver un nom, une mère et une patrie? »

Après avoir témoigné toute sa reconnaissance à la Rosalinda, il apprit à ses amis l'heureuse découverte qu'il venait de faire, et leur fit part de son dessein de partir pour la Nouvelle-Angleterre. Cependant, il fut convenu qu'il ne partirait pas avant qu'on n'eût pris toutes les informations possibles, pour s'assurer si la famille du nom de Nelson à laquelle il appartenait, ne se trouvait point à Londres.

Ces informations n'eurent aucun succès; et dès-lors, notre héros s'occupa de son départ. Mais en songeant qu'il allait mettre entre la comtesse et lui, l'immensité des mers, il sentit ébranler sa résolution. « Hélas! disait-il en soupirant, je vais donc étendre encore plus, l'intervalle qui nous sépare. Transporté sur un autre hémisphère, me sera-t-il possible de revenir

dans cette chère France, où j'ai laissé une
partie de moi-même. En goûtant le bonheur d'être auprès d'une mère, je serai
en même temps soumis à des devoirs
nouveaux ! Qui sait s'ils pourront se concilier avec les vœux de mon cœur ! ......
Mais aussi, c'est le plus saint des devoirs
qui m'ordonne de partir. Lucie, j'en suis
sûr, me l'ordonnerait elle-même. Et
je le dois pour acquérir de nouveaux
titres à son intérêt, pour faire honorer
aux yeux des hommes l'amant qu'elle a
choisi dans une condition trop dédai-
gnée. Après tout, ne suis-je pas à présent
aussi loin d'elle que si j'étais à l'extrémité
du monde ? Ah ! Lucie, nous nous reverrons, je l'espère, en des temps plus heureux. Un jour, je pourrai t'offrir, avec un
cœur fidèle, l'amitié d'une famille esti-
mée. »

Ce fut dans l'effusion de ses sentimens
qu'il écrivit à madame de Norbelles, pour
l'instruire de l'événement qui le tirait de
la classe des orphelins, et du voyage qu'il
allait entreprendre.

Débarrassé maintenant, grâce aux soins du juge de paix, de toutes poursuites judiciaires, il ne vit plus qu'un seul obstacle à son départ : le défaut d'argent nécessaire pour les frais du voyage. Mais Lord Willesby connaissait cet obstacle ; il l'eut bientôt applani. Edouard ne put refuser long-temps les offres d'une amitié qui s'était montrée si franche, persuadé qu'il serait tôt ou tard à portée d'acquitter sa dette.

Avant de partir, il eut la précaution de faire renouveler, par la Rosalinda, devant le juge de paix, la déposition de tous les faits qu'elle lui avait revélés, et de donner à cette déclaration, les formes d'un titre légal. Il n'oublia point non plus de la récompenser du service signalé qu'elle lui avait rendu.

~~~~~~

CHAPITRE XI.

A cette époque de notre histoire, toutes les colonies anglaises dans l'Amérique
Septentrionale, excepté le Canada, étaient
en pleine insurrection contre le gouvernement de la métropole. Un congrès formé des députés de chacune de ces provinces, avait déclaré leur indépendance, et
armé les milices américaines. Déjà, dans
plusieurs combats, le sang avait coulé
pour la défense de la liberté naissante.
Enfin, une nombreuse garnison anglaise
se trouvait assiégée et bloquée dans la
ville de Boston par trente mille Américains. A leur tête, était l'immortel Wa-
singhton, un des guerriers qui a le plus
honoré le nom d'homme, par des vertus

qu'on croyait bannies de la terre. Cette
armée avait enlevé plusieurs redoutes ; et
certainement, elle se serait déjà emparée
de la place , sans la crainte d'occasionner
la destruction de la ville. Les assiégés
avaient cru venger leur honte par l'incen-
die de plusieurs autres villes voisines de
le mer dont ils étaient les maîtres.

De son côté , le gouvernement anglais
ne négligeait rien pour soumettre ses colonies. Il partait fréquemment, pour Boston, des ports de la Grande-Bretagne,
des vaisseaux chargés de troupes et de
munitions ; aussi, Edouard n'attendit pas
long-temps l'occasion de s'embarquer.

Il arriva vers la fin de novembre à Boston. Les habitans de cette ville , attendaient avec impatience le moment où ils
verraient entrer leurs frères des braves
milices américaines ; car ils se trouvaient
prisonniers dans leurs murs, et souf-
fraient encore plus que la garnison anglaise , de la disette des vivres causée par
l'état de siége. Leur contenance hostile
donnait à l'armée anglaise une inquiétude

qui contribua, plus tard, à sa retraite et à leur délivrance.

Voilà quelle était la situation de la ville quand Edouard y arriva comme voyageur français. On doit bien penser que la lutte qui s'était engagée dans cette partie du monde, ne fut pas le premier objet de sa sollicitude. Il était loin d'y voir les élémens d'un grand procès, dont toute l'importance n'a été bien jugée, que par ses résultats. Dès qu'il le put, il s'occupa du soin de retrouver l'audacieux personnage dont il avait été si long-temps le jouet. Il alla donc chez James Stroung, à l'adresse que lui avait indiquée son prétendu père. Il l'y trouva en effet ; mais celui qu'il avait tant d'intérêt de rencontrer n'était plus à Boston. Il en était parti depuis peu de jours avec un détachement de l'armée anglaise, chargé d'une expédition hasardeuse. Toutefois, il avait eu la précaution de laisser à son correspondant, des ordres pour recevoir les fonds qui lui auraient été adressés, et à tout événement, une lettre pour son fils. Dans

7.

cette lettre, il annonçait à son cher enfant qu'il serait bientôt de retour, et il le
priait, en attendant, de verser l'argent
dont il pourrait disposer, dans la maison
de M. Stroung, et de coopérer comme
associé, à l'admirable affaire qu'ils avaient
commencée.

Notre voyageur fut au désespoir de
voir encore échappé le personnage pour
lequel il avait en partie, fait un si long
trajet. Il se consola un peu de ce contre-
temps, par l'espoir de découvrir tôt ou
tard, sans son secours, la famille du
nom de Nelson, à laquelle il croyait appartenir.

Il se détermina pourtant à rester à
Boston jusqu'au retour de Pastourel;
mais, eut-il possédé des millions, il n'aurait certainement pas confié un écu à
M. Stroung. En effet, il sut bientôt que
cet associé de l'aventurier français, était
de ces honnêtes commerçans qui, sans
être de la nation juive, n'ont de patrie,
que la portion du globe où la chasse de
l'argent est le plus productive; qui ne

sont ni citoyens, ni guerriers, ni répu-
blicains, ni royalistes ; mais qu'on trouve
toujours dans les calamités publiques,
comme on voit les plus lâches des ani-
maux carnassiers, chercher leur proie
sur un champ de bataille.

Heureusement, Edouard avait des lettres de recommandation, pour des habitans de Boston placés dans une autre cathégorie ; et il en fit usage dans le principal but qu'il se proposait : la recherche
de ses parens ; mais malgré toute la bienveillance des personnes qui l'aidaient dans
cette recherche, il ne trouva dans la ville
aucun citoyen qui portât le nom de Nelson. Il fut même convaincu qu'il n'y en
avait point dans le reste de la province de
Massachusset. Il ne perdit pourtant pas
l'espérance, puisqu'il avait lieu de croire
que ses recherches seraient plus heureuses
dans les trois autres états qui composaient
la Nouvelle-Angleterre ; seulement, il fallait pouvoir y pénétrer ; or, à cette époque, Boston était bloqué de près, et le
général anglais qui craignait de grossir le

nombre des insurgés, avait défendu, sous des peines très-sévères, qu'aucun habitant sortît de la ville.

Cependant, Édouard ne voyait point arriver M. Pastourel ; il commençait à supporter impatiemment un séjour forcé de plusieurs mois dans une cité qui ressentait tous les inconvéniens d'un régime militaire, et les malheurs des dissentions intestines. En voyant se consumer son temps et ses ressources pécuniaires, sans remplir l'objet important de son voyage, il regrettait souvent d'avoir quitté l'Europe, d'autant plus qu'il ne recevait aucune nouvelle de ses amis de France. Pendant qu'il éprouvait l'ennui de cette situation, le hasard mit sous ses yeux la relation d'une expédition hardie, que les insurgés avaient tentée sur les frontières du Bas-Canada, qui appartenait aux Anglais. Il apprit que le général Montgomery, commandant l'expédition, s'était emparé de plusieurs forts importans sur le lac Champlain, et même de la ville de Montréal, peu éloignée de la capitale du Canada. Mais ce qui

fixa le plus vivement son intérêt, ce fut
de voir, parmi les noms honorablement
cités dans la relation, celui de M. Édouard
Midelson, commandant d'un régiment des
milices du New-Hampshire. A la vue de ce
nom, il sentit se réveiller avec force les
tendres sentimens qu'il avait conservés
pour sa première bienfaitrice, et pour
l'époux de cette généreuse amie. Il ne songea qu'avec la plus douce émotion au moment où il pourrait se jeter dans leurs
bras. « Ah! si le sort, pensa-t-il, me refu-
sait le bonheur de retrouver les auteurs
de mes jours, ce ne serait pas sans fruit
pourtant que j'aurais traversé les mers. Il
me restera toujours mes chers parens
d'adoption. Que fais-je ici? J'attends un
misérable qui m'a toujours trompé, qui
me tromperait encore; mais ai-je donc besoin de lui pour chercher une famille dont
je sais le nom, qui habite une de ces provinces? M. Midelson lui-même facilitera
mes recherches. Oui, je veux aller rejoindre
des amis à qui je dois une tendresse filiale.
Sans doute, au milieu de la guerre dont

ce pays est le théâtre, il me serait difficile
de rester étranger à tous les partis. Eh !
bien, soit : la cause de mon bienfaiteur
sera la mienne ; ce doit être une cause
juste. En effet, c'est contre l'oppression
que les Américains sont armés. Et qui sait
si je ne trouverai pas ici, dans une car-
rière honorable, des moyens de considération et de gloire que mon pays refuse-
rait toujours à ma condition d'orphelin.
Si je succombe avant de les obtenir, du
moins j'aurai dérobé quelques jours de ma
jeunesse à une honteuse inaction. »

Telle fut la résolution que prit notre
héros; et l'idée qu'il allait mettre peut-être
un plus grand obstacle à son retour en
Europe ne parvint point à la changer. Il
ne songea plus qu'à son départ pour le
New-Hampshire, où il savait qu'était située l'habitation de M. Midelson.

Quelque sévères que fussent pour les
Bostonniens les ordres qui les rendaient
prisonniers dans leur ville, Édouard, en
sa qualité de Français, pouvait espérer
une exception en sa faveur ; il ne l'obtint

cependant qu'après de nombreuses dé-
marches, par l'intervention de plusieurs
torys ou loyalistes (1), auxquels lord
Willesby l'avait recommandé. De plus, il
ne lui fut permis d'emporter avec lui
qu'un très-petit nombre d'effets indispen-
sables à un voyageur. Après avoir pris des
mesures pour que ses amis d'Europe pussent recevoir des lettres et lui faire parvenir celles qu'ils lui adresseraient, il se
munit d'un bon cheval, et arriva bientôt
aux avant-postes de l'armée américaine. Il
vit avec satisfaction ce noyau d'hommes
courageux et dévoués qui parvinrent à
fonder la liberté de leur patrie. On doit
bien penser que les personnes qui avaient
la permission de sortir d'une ville occu-
pée par les Anglais, étaient rigoureusement examinées dans le camp des insurgens : Édouard fut donc soumis à toutes les
formalités que la prudence militaire né-

---

(1) Nom donné aux partisans du gouvernement du roi.

cessite. Il prouva facilement qu'il était Français; et joignant à cette qualité, pour laquelle les Américains avaient déjà beaucoup d'estime, le titre d'ami de M. Midelson, il n'eut à éprouver aucun obstacle.

On était alors à la fin du mois de février, et la neige couvrait encore la terre dans beaucoup de parties du nord de l'Amérique. Heureusement, la guerre n'avait point encore porté ses ravages dans l'intérieur des colonies : on n'y remarquait alors que les préparatifs d'une vigoureuse défense, et un enthousiasme de liberté dont l'opposition de quelques torys ne pouvait arrêter l'essor. Si notre voyageur n'y vit pas la nature dans tout son éclat, il fut à portée d'admirer des avantages d'un autre genre que des mains libres y avaient créés. Ses yeux n'y furent point frappés de l'aspect de somptueux palais, de châteaux imposans, mais aussi n'aperçut-il aucune de ces chétives cabanes qui sont en Europe les signes trop multipliés de la misère et de l'oppression. Il ne remarqua partout que des champs bien cultivés, des

habitations propres, favorablement situées, quelquefois élégantes, et qui pré-
sentent à l'esprit des images d'aisance et
de bonheur.

Édouard ignorait dans quel district du
New-Hampshire était située la propriété
de M. Midelson. Pour en être instruit, il
se rendit d'abord dans la ville où siégeait
le gouvernement particulier de cet état.
En effet, il apprit à Portsmouth que ses
bienfaiteurs, cités parmi les colons et les
commerçans les plus considérés de la province, habitaient le comté d'Orange, situé
à la droite du Connecticut, dans les Mon-
tagnes-Vertes (1); mais ce qui accrut beaucoup les espérances qu'il avait conçues sur
le résultat de son voyage, ce fut d'ap-

_____

(1) Toute cette contrée placée entre la rivière
de Connecticut et le lac Champlain, forme aujour-
d'hui une province des Etats-Unis, sous le nom
de l'*Etat de Vermont*. Les habitans de cette province pittoresque et fertile, se sont distingués par
leur courage et par leurs sacrifices pour la cause
de l'indépendance.

prendre en même temps qu'il se trouvait
dans le comté d'Afton, de la même province, un propriétaire du nom de Nelson,
lequel avait habité l'Angleterre avec ses
enfans. Il continua donc sa route, dou-
blement encouragé par le désir de trouver
enfin la famille dans laquelle il avait reçu
la naissance, et de revoir celle qui lui en
avait tenu lieu. Mais ce voyage fut plus
long et plus pénible qu'il ne l'avait pensé.
Indépendamment de la mauvaise saison,
d'autres obstacles arrêtaient souvent sa
marche. Dans l'état d'exaspération où
étaient alors les esprits, particulièrement
chez les colons des provinces du nord, la
vue d'un étranger faisait naître des soup-
çons et des alarmes; son titre de Français,
et son air de franchise, ne pouvaient le
soustraire toujours à des examens rigou-
reux, et même à des séjours forcés au milieu
d'une population agitée. Plus il avançait
dans les terres, plus les obstacles se multi-
pliaient devant lui. D'ailleurs, les villes, les
bourgs devenaient de plus en plus rares,
et les communications difficiles. Souvent

il fut forcé d'avoir recours à l'hospitalité
dans quelques habitations isolées ; hospitalité qui, au reste, ne lui fut jamais refu-
sée ; car cette vertu, si généralement exer-
cée dans l'Amérique, n'avait pas même
cédé aux inquiétudes des colons. Il arriva
enfin à Oxford, principal bourg du comté
d'Afton.

CHAPITRE XII.

Notre voyageur apprit à Oxford que l'habitation de M. Williams Nelson était située à quelques milles plus loin dans le voisinage de Staver-Hill. Il ne voulut perdre aucun moment pour s'y rendre quoiqu'il tombât alors une neige épaisse chassée par un de ces violens vents de Nord-Ouest si fréquens dans ces contrées. Toutefois il eut la précaution de prendre un guide dont il ne pouvait guère se passer dans des chemins coupés comme au hasard, à travers des montagnes ou des creeks, au milieu des bois ou des champs nouvellement défrichés. Quelquefois la neige amoncelée dans les parties les plus profondes, en faisait disparaître entièrement la trace. Le guide d'Édouard ne cessa point pourtant de reconnaître sa route, jusqu'au moment où arrivés dans une espèce de gorge, les voyageurs furent tout-à-coup enveloppés par une masse prodigieuse de neige que des vents qui se croisaient en tous sens refoulaient sur elle-même. Divisée d'abord en tourbillons, elle forma enfin une trombe dont l'action fut si violente, que les cavaliers et leurs chevaux furent renversés et jetés à une distance de plusieurs pas. Édouard étourdi du coup, presque suffoqué par la neige ou il était comme enseveli, ne perdit pas cependant l'usage de ses sens. Il n'avait heureusement rencontré aucun corps solide dans le choc qu'il avait éprouvé. Il parvint donc à se dégager peu à peu des flocons qui le couvraient, et que par bonheur encore, l'impétuosité du vent achevait de disperser. Dès qu'il fut à portée de se reconnaître, il jeta les yeux autour de lui pour savoir ce qu'étaient devenus son compagnon de voyage et leurs chevaux. Ces derniers étaient remis sur

leurs jambes, soufflant et hennissant ave
efforts. Mais ce ne fut qu'après avoir cher
ché quelque temps dans les environs
qu'il pût apercevoir son guide couch'
sans mouvement au milieu d'un monceau
de neige ; il vit que le pauvre diable, plu
malheureux que lui, avait été jeté contre
une souche d'arbre. Au premier instant
il le crut mort ; mais il s'assura bientôt
qu'il respirait encore, et qu'il n'avait aucun membre fracturé. Pendant qu'il cherchait à le ranimer, le jour tombait insen-
siblement. Souffrant lui-même du froid
qui le pénétrait, et d'un malaise général
que lui avait laissé sa chûte, il commençait à concevoir de justes inquiétudes sur
sa position. Il prit le parti de s'éloigner
momentanément de son compagnon et de
monter sur une éminence voisine dans
l'espoir de découvrir quelque habitation.
Mais il ne s'offrit à ses regards que des
groupes de sapins dont la forme pyrami-
dale se laissait à peine deviner sous les
festons de neige que dessinaient leurs
branches. Il voyait avec douleur le temps

s'écouler sans savoir comment il pourrait sortir d'embarras , lorsqu'il entendit un coup de fusil à quelque distance. La détonnation de cette arme mêlée aux aboiemens d'un chien lui rendit un peu d'espérance. Presque au même instant, il vit accourir vers lui le chien qu'il avait entendu. Bientôt parut un homme qui lui causa sinon de l'effroi , au moins une grande surprise. Ce chasseur en effet ne ressemblait à aucun des Américains qu'il avait jusqu'alors rencontrés. Il avait la tête nue, et ses cheveux droits étaient élevés sur le sommet en forme de houpe ; sa peau était de couleur rouge bronzé Les os de ses joues et de l'arcade sourcillière qu'il avait fort saillans renfermaient deux petits yeux qui brillaient d'une expression inquiète et farouche. Son habillement n'était composé que de peaux de bêtes fauves qui ne couvraient qu'une partie de son corps. Du reste, ses jambes étaient nues. L'homme dont nous esquissons le portrait , était un de ces indigènes que les colons, en se multipliant, refoulent

7*

peu à peu dans l'intérieur du continent.
Plusieurs de ces Indiens, dont les tribus
ont été dispersées ou anéanties, préfèrent
quelquefois rester au milieu des nouveaux
possesseurs du pays, plutôt que de quitter la terre où reposent leurs ancêtres ;
ils sont soufferts et même protégés par
les propriétaires ; et quoique convertis au
christianisme ils conservent en grande
partie leurs mœurs sauvages.

L'Indien demi-civilisé que nous voyons
paraître, s'approcha avec une contenance
assurée. Il prononça d'une voix de tête
fort rude dans un idiome anglais, plusieurs mots qui voulaient dire. « Que fais-
tu là blanc ? es-tu seul ? parle au vieux
Miakoneth. Est-ce le bon ou le mauvais
esprit qui t'amène. » Notre voyageur sans
comprendre tout à-fait le sens de ce discours, fut toujours content d'avoir trouvé quelqu'un qui pût l'entendre. Il lui
répondit: « Je suis étranger dans ce pays.
Je me rendais chez M. Williams Nelson,
quand... —Nelson ! tu seras le bien venu,
car c'est un bon frère, un homme juste,

quoiqu'il soit venu de l'Est (1); Edouard
alors s'empressa de lui apprendre l'accident qui était survenu à lui et à son compagnon de voyage. Il n'avait pas achevé
que l'homme des bois le prit par la main
et se rendit avec lui sur le lieu où était
resté le malheureux guide, en disant :
« Si ton frère n'est pas mort, le *Grand
Manitou* aidera Miakoneth à sauver un
homme du point du jour. »

Lorsqu'ils furent arrivés près du moribond, Miakoneth le souleva légèrement,
tâta tous ses membres, et paraissant satisfait de son examen, il lui fit avaler une
gorgée d'une liqueur forte qu'il portait
dans une outre de cuir. Bientôt le guide
ouvrit les yeux et reprit l'usage de ses
sens; mais comme il lui était impossible
de se tenir debout, il fut placé sur son
cheval et soutenu par ses deux compa-
gnons. C'est ainsi qu'on arriva, avec beau-

(1) Les Indiens de l'Amérique septentrionale
désignent les Européens, par le nom d'hommes
de l'*Est*, ou du *Point du jour*.

coup de peine à la maison de M. Nelson.
Cette habitation simple mais agréable,
comme presque toutes celles des colons
américains, était entourée de maisons de
bois peintes plus petites (Log-houses)
destinées au logement des fermiers et ouvriers, ou employés au service de la culture.

En approchant de cette maison,
Édouard sentait palpiter son cœur. Le
doux espoir de se trouver en peu d'instans dans les bras de la famille qu'il
avait perdue, était un sentiment qu'il
n'avait point encore connu. Il en goûtait
tout le charme quoiqu'il éprouvât une
douleur assez vive dans plusieurs membres. A peine les voyageurs furent-ils arrivés dans la cour que le bon Indien
alla frapper à une petite porte placée à
l'angle de la maison; et il dit en élevant
un peu la voix : « Ami John, ouvre à
Miakoneth. — Et que demandes-tu à cette
heure, vieux loup ? répondit une voix de
l'intérieur. — Ouvre vite, noir, le père sera content. Deux frères blancs ont besoin
de secours. » Après ce dialogue, il se fit

quelque mouvement dans la maison ; et au bout de quelques minutes un nègre vint ouvrir la porte aux nouveaux venus qui entrèrent dans un petit vestibule. Alors Miakoneth dit au nègre en lui montrant le guide qu'il soutenait : « Ami John, voilà un frère malade : mettons le dans un lit de blanc ; c'est moi qui en aurai soin ; puis tu mèneras chez le bon père, ce frère venu de l'Est. »

Bientôt, Edouard fut conduit dans une salle située au premier étage ; dans cette salle où brûlait un bon feu de bois d'érable, se trouvaient quatre personnages de différens âges. Un homme d'environ cinquante ans, dont l'air grave mais bienveillant, inspirait autant de confiance que de respect, était assis à une table, près d'un jeune homme encore adolescent. Il paraissait donner des leçons de géographie. On voyait assises à une autre table, deux femmes, dont l'une pouvait avoir une quarantaine d'années, et l'autre dix-sept ou dix-huit. Toutes deux étaient occupées à des ouvrages de l'aiguille.

Quoique leur habillement fut simple et modeste, il n'était pas, toutefois, dépourvu de l'élégance qui tient du goût et de la propreté. Le plus âgé de la famille, M. Nelson, se leva en voyant l'étranger qu'on venait d'introduire, et le reste de la famille suivit cet exemple ; mais les deux dames se rassirent aussitôt après. Le maître de la maison s'avança ensuite vers Edouard, et lui donna un siége près du feu. Notre jeune ami n'aurait pu se passer long-temps de ce secours, tant était vive l'émotion qu'il éprouvait. Les deux dames, qui avaient d'abord jeté sur lui des regards d'un intérêt purement hospitalier, continuaient de tenir les yeux baissés sur leur ouvrage. Cependant, il pouvait juger de l'expression de leurs traits. En y voyant régner le calme aimable des sentimens doux et vertueux, il jouissait avec ravissement de l'idée qu'il leur appartenait par des liens bien chers. Et quand il songeait ensuite qu'il allait peut-être perdre un espoir si flatteur, il éprouvait un saisissement douloureux. Ainsi,

livré à des sensations contraires qui op-
pressaient son cœur, sa bouche restait
muette. Surpris de son silence, M. Nelson
lui dit, en lui prenant la main : «Jeune
étranger, que désirez-vous de moi? Qui
que vous soyez, ma maison vous est ouverte...... Mais vous êtes très-pâle, vous
paraissez souffrir? — Il est vrai, répondit
Edouard, je ne me sens pas bien.» Et
alors il lui raconta, réprimant le plus
qu'il put son émotion, l'accident qui l'a-
vait surpris dans la route; et son récit
fixa l'attention de toute la famille. «Se-
riez-vous donc blessé? dit alors M. Nelson.
Avant tout, dites-moi si vous n'avez rien
à craindre des suites de votre chûte. Agis-
sez, je vous en prie, comme si Williams
Nelson était votre meilleur ami; parlez-
lui comme à votre père.» En ce moment,
Edouard ne put retenir quelques larmes.
« Mon père...... répondit-il d'une voix
altérée, ah! puissai-je l'avoir retrouvé?
Puissiez-vous l'être!......» A ces mots, et
au ton dont ils furent prononcés, toutes
les personnes de la famille portèrent les

yeux sur lui avec l'expression de l'étonne
ment et de l'inquiétude. « Pourquoi cett
émotion, jeune homme ? dit M. Nelso
d'un ton d'intérêt, expliquez-vous; serie:
vous orphelin, malheureux ? avez-vou
besoin de secours ? — Monsieur, répon
dit Edouard, le seul besoin que j'éprouv
en ce moment, c'est de retrouver un
famille à laquelle je fus enlevé à Londre
dans ma plus tendre enfance. Je sa
qu'elle habite la Nouvelle-Angleterre, e
porte le nom de Nelson.... Oh ! dites-m
si le ciel me l'a rendue; si j'ai le bonheu
de la voir..... » Edouard, en prononça
ces paroles, pressait avec force les mai
de M. Nelson, fixant sur lui des regar
avides, qui exprimaient à la fois, l'impa
tience d'un désir et l'inquiétude de
crainte. « Hélas ! pauvre jeune homme,
vais renverser toutes vos espérances, ma
il le faut : Dieu me pardonne le chagr
que je vous cause ! un autre que moi vo
donna le jour. J'ai perdu, il est vrai, u
de mes enfans en Angleterre, mon pr
mier né.... mais je l'ai vu déposer dans

dernière demeure. Ah ! je ne le reverrai
plus que dans le ciel. .... Peut-être aussi
mon second fils...... Cette guerre dans laquelle il s'est jeté....... — Mon père, dit
alors le jeune homme qui n'avait point
encore parlé, c'est une cause juste ; vous
l'avez dit. — Oui, je le crois, dans mon
âme, mais verser le sang de ses frères, ou
périr par leurs mains, quelle plaie cruelle !
— Ce n'est pas nous, mon père, qui avons
frappé les premiers ; il faut maintenant
combattre ; et si vous le permettiez, je....
— Et toi aussi, James !... mon dernier fils
voudrait me quitter ! Cependant, s'il le
fallait !... moi-même.... Mais, ajouta monsieur Nelson en modérant son attendrisse-
ment, c'est de notre jeune hôte que nous
devons uniquement nous occuper. Il pa-
rait cruellement déçu dans une douce espérance. Puissions nous du moins contribuer à le consoler ! »

Les deux dames, et surtout miss Nelson, avaient écouté l'entretien avec un
air d'intérêt bien marqué. La mère prit
alors la parole, et dit de ce ton de sensi-

bilité touchante qui part d'une âme
pieuse : « Pourquoi, monsieur, n'auriez-
vous plus d'espoir ? Les justes doivent se
confier dans les vues de la sainte Providence. Elle n'a pas voulu que vous fussiez
notre enfant ; mais peut-être l'a-t-elle
voulu pour votre bonheur. Il y a sur
notre continent, plus d'une famille du
nom de Nelson ; qui sait si celle à laquelle
vous appartenez, n'est pas plus honorable
que la nôtre, aux yeux de Dieu et des
hommes ? — Madame, répondit Edouard
que son chagrin ne rendait pas insensible
à ces témoignages de bonté, je ne dois
point m'attendre à un tel bonheur ; peu
de mortels en seraient dignes. Ah ! tous
mes vœux seraient remplis du moment
où la voix d'un honnête homme me don-
nerait le nom de fils ! »

Après cet entretien, le voyageur fut invité à partager un repas de famille. Pendant ce repas, il eut occasion de juger des
mœurs du pays et du caractère de ses hôtes.
Quoiqu'il trouvât un peu de réserve et
presque d'austérité dans leurs manières,

en les comparant aux formes de politesse
de l'Europe, il sut apprécier leur douce et
franche cordialité. Sensible aux soins hos-
pitaliers dont il fut constamment l'objet,
il crut devoir y répondre par des témoignages de confiance ; et sans attendre des
questions qu'il aurait, au surplus, atten-
dues vainement, il raconta quelques détails de son histoire, qui lui parurent le
plus convenables à la circonstance et au
caractère de ses auditeurs. Certainement
ils durent entendre, au moins avec l'intérêt de la curiosité, un récit où le narra-
teur avait à peindre des choses et des individus si différens de tout ce qui remplit
la vie dans le nord de l'Amérique septentrionale.

Édouard, se proposant de partir dès le
lendemain, demanda la permission de se
retirer. D'ailleurs, il sentait un malaise
dans tout son corps, qui lui rendait le
repos nécessaire. Cependant, il ne se cou-
cha qu'après avoir fait une visite à son
guide, et s'être assuré qu'il ne courait aucun danger. En effet, l'Indien qui avait

8.

traité le malade à la manière des sauvages,
était parvenu à lui rendre le mouvement,
avec tous les symptômes d'un rétablisse-
ment prochain : ce qui ne doit rien con-
clure contre la science des docteurs civi-
lisés.

CHAPITRE XIII.

Notre Télémaque ne quitta pas la famille Nelson aussitôt qu'il l'avait compté. Soit que la fatigue et le choc qu'il avait essuyé, suivi d'un désappointement pénible, eussent développé en lui des causes de maladie, soit qu'il dût en avoir une à cette époque, toujours fut-il attaqué, dès la nuit, d'une fièvre aiguë, dont les accès devinrent de plus en plus violens. Ce ne furent pas les soins de l'hospitalité qui lui manquèrent dans cette fatale circonstance; mais les médecins, et surtout les médecins habiles, étaient fort rares dans cette partie des colonies où la population elle-même était disséminée. Il n'y avait, à plusieurs milles à la ronde, d'autre personne

qui se mêlât de l'art de guérir, qu'un co-
lon français établi sur une petite propriété.
Ce n'était qu'un jardinier botaniste; mais,
à force de voir et de traiter des fièvres,
ce grand fléau de l'Amérique, il avait fait
quelquefois d'heureuses applications de
ses connaissances. Ce fut lui qui fut appelé
près du pauvre voyageur. Il est probable
qu'il ne suivit pas la maladie d'après les
principes admis dans les plus célèbres Facultés; du moins, en n'employant que des
remèdes très-simples et presque négatifs,
il ne fit rien pour tuer son malade : il fut
assez habile pour laisser presque tout à
faire au hasard et à la nature. Cependant,
il se passa plusieurs semaines avant que la
jeunesse et la forte constitution d'Édouard
pussent triompher du danger.

Dans le cours de sa maladie, il fut toujours gardé, pendant le jour au moins,
par l'épouse et la fille de M. Nelson. Enfin,
aux accès violens de la fièvre, aux agita-
tions délirantes, succéda chez lui cet état
de langueur qui paraîtrait douloureux
sans doute, si l'on y passait de l'état de

santé, mais que l'on supporte, et qui même n'est pas sans plaisir, lorsqu'il suit de grandes souffrances. En recouvrant la jouissance de ses organes, il ne vit qu'avec des sentimens de reconnaissance et d'admiration la pieuse famille qui lui avait prodigué ses soins ; et ce fut du fond de son cœur que partit l'expression de ces sentimens.

La santé de notre héros renaissait avec les douces émanations du printemps. Chaque jour, il rappelait ses forces par des promenades salutaires aux entours de l'habitation, souvent accompagné de ses vertueux hôtes, qui paraissaient jouir autant que lui-même de son retour à la vie. Ils lui faisaient remarquer, avec une sorte d'orgueil, les trésors que la patience et l'industrie arrachaient à une terre que depuis tant de siècles, la main de l'homme n'avait pas encore fouillée. Leur douce bienveillance, le calme de leur âme, la raison qui régnait dans leurs discours, sans en bannir un doux enjouement, tout en eux, et autour d'eux, avait pour Édouard un intérêt nou-

veau qui charmait son cœur ; bien qu'il
eût goûté avec ardeur tous les plaisirs de
la civilisation européenne, il commençait
à sentir le prix des mœurs paisibles et
pures d'une civilisation plus vraie, plus
fidèle au vœu de la nature, puisqu'elle per-
fectionne les facultés de l'homme dans un
but utile à son bonheur.

Pendant qu'il attendait l'entier rétablis-
sement de ses forces pour se rendre chez
sa mère adoptive, on vit arriver le fils de
M. Nelson dans un état pénible de fatigue
et de souffrances, et couvert de blessures
à peine cicatrisées. Ce jeune homme avait
fait partie de l'expédition hardie, et d'a-
bord heureuse, que les insurgens avaient
tentée contre le Bas-Canada. Le brave
Montgommery, qui la commandait dans
le principe, après avoir souffert de toutes
les rigueurs d'un hiver passé sous les
armes, avait été tué devant les murs de
Québec. Le général Arnold, alors un des
plus vaillans et des plus habiles généraux
américains, et qui depuis fut le plus infâme des traîtres, était parvenu, quoique

blessé et vivement poursuivi, à ramener
une grande partie de son armée sur des places fortes de la république naissante ; mais
tous les forts du Canada avaient été repris
par les Anglais, qui menaçaient à leur
tour les places américaines situées sur le
lac Champlain. Le gros de leur armée,
commandé par le général Burgoyne, sui-
vait la route du lac pour attaquer la Nou-
velle-York ; mais, par une horrible poli-
tique, il avait soudoyé des sauvages canadiens, et un grand nombre de ces
hommes de toutes nations, plus féroces peut-être, qui, sous le nom de *cou-
reurs de bois* ou de *régulateurs*, habitent
les forêts sur les derrières des colonies.
Ces terribles alliés, commandés en grande
partie par des blancs déguisés en sauvages,
s'étaient précipités sur les provinces de la
Nouvelle-Angleterre, et y marquaient leur
passage par le sang et la dévastation. Les
habitans du Vermontois, les plus voisins du
Bas-Canada, étaient les premières victimes
de leurs fureurs. Ces nouvelles, apportées
par le jeune Nelson et par quelques autres

milices qui avaient pu regagner en petit
nombre leurs frontières, répandirent une
alarme générale dans le New Hampshire ;
tous les colons partisans de l'insurrection,
et même ceux des torys modérés qui
étaient restés dans leurs foyers, prirent
les armes de tous les côtés.

Edouard frémit sur le sort de la famille Midelson ; dont l'habitation, située
dans le Vermontois, était exposée à la
fureur des sauvages. Quoiqu'il n'eût pas
encore recouvré toutes ses forces, il n'hé-
sita point à suivre une troupe de jeunes
gens de la province qui se rendaient sur
les frontières attaquées. Après deux jours
de marche il arriva dans un bourg du
Comté d'Orange, où était le rendez-vous
assigné aux milices. Mais ce point se
trouvait encore éloigné de dix mille au
moins de Midelstown village fondé par
la famille de ses bienfaiteurs, près des
sources de l'Union. En proie aux plus
vives inquiétudes sur leur sort, il ne
voulut point attendre les ordres qui devaient être donnés pour la marche régu-

ère des milices, et il alla toujours en
vant. De temps en temps il rencontrait
ur la route des familles de colons qui
enfuyaient, emmenant avec eux leurs
estiaux et ce qu'ils avaient de plus pré-
ieux. Arrivé sur une des montagnes si-
uées entre la rivière de Connecticut et
e lac Champlain, il découvrit devant
ui, dans une immense étendue de pays,
lusieurs habitations en feu, d'autres
jui fumaient encore, et des monceaux
le cendres où avaient été des forêts. Ce
ut en vain que des paysans en fuite vou-
urent le dissuader d'aller plus loin. Ré-
olu de sauver ses amis ou de périr avec
ux, il se fit indiquer exactement la
oute et la position de Midelstown, et il
ontinua son voyage. Bientôt le bruit des
as des derniers fugitifs, cessa de se faire
ntendre ; et il se vit seul dans une vaste
olitude. Le silence qui régnait autour de
ui, loin de lui paraître effrayant servait
lutôt à lui donner de la confiance ; car
l pensait que des ennemis, tels que ceux
lont on était menacé, ne devaient pas

avoir une marche silencieuse, après av
fait encore deux ou trois milles, il ent
daus une riante et riche vallée, au mili
de laquelle il découvrit un groupe
maisons qu'il jugea être le village
Midelstown, sur la description qu'on l
en avait faite. N'appercevant aucune tr
ce de dévastation, il s'avança rapideme
vers le village, et arriva enfin près d'u
grande maison qui paraissait en être l'h
bitation principale. Comme il ne voy:
personne dans les environs et qu'il n'
tendait aucun bruit il supposa que
crainte en avait fait partir tous les ha
tans. Alors il se sentit soulagé d'un poi
cruel, en songeant que sa bienfaitri
n'avait plus rien à craindre. Bientôt
put se livrer au plaisir de penser qu
avait devant les yeux la maison d'u
femme chérie dont il était séparé dep:
long-temps. Ce plaisir était, il est vr:
troublé par l'idée qu'il ignorait l'as
qu'elle avait choisi; mais enfin elle é
sauvée; et certainement il la retrouver
tôt ou tard. Pendant qu'il se laissait al

u cours de ses réflexions mélancoliques,
ubliant qu'il pouvait être lui même en
anger, il entendit un léger bruit à quel-
ue distance. Il se tint sur ses gardes,
rêt à se servir de ses armes, ou à s'éloi-
ner, si la résistance était inutile, de
oute la vitesse de son cheval. Mais il fut
resque aussitôt rassuré, en apercevant
in vieillard chez lequel se montraient
ous les signes d'une profonde conster-
nation. Cet homme était une personne at-
tachée à la maison. Ne voyant pas probablement un ennemi dans un jeune voyageur, il s'approcha d'Édouard et lui dit
d'une voix affaiblie par l'âge et par le chagrin : « Que venez-vous faire ici, jeune
homme? ignorez-vous que la désolation
et la mort sont dans ces contrées? — Ah!
je ne le sais que trop : et c'est à cause de
cela même que j'y suis. Pourquoi y êtes-
vous resté vous même? pourquoi n'avez-
pas suivi les autres habitans et les dignes
maîtres de cette maison? — Suivi mes
maîtres... — Oui, sans doute ils ne sont
plus ici, madame Midelson a quitté...

—Quitté! monsieur? hélas! non, elle n
pas pu faire comme les autres. — O cie
qu'est-il donc arrivé? répondez vîte.—C
mez votre effroi ; puisque vous pren
tant d'intérêt à ma bonne maîtresse, j
vous dirai qu'elle vit si on peut appel
vivre, d'être à chaque instant dans l
crainte de la mort. — Où est elle donc
— Chez elle. — Ici, grands dieux! qu
je la voie! que je l'arrache de ce lieu f
neste! » En prononçant ces paroles
Edouard qui était descendu de cheva
entraînait le vieillard vers la porte de l.
maison. A peine est-elle ouverte qu'il s
précipite dans les appartemens, demand
d'une voix suffoquée, à une négress
qu'il aperçoit, madame Midelson ; e
sans attendre sa réponse, il entre dan
une chambre où il entend du bruit, o
il voit enfin celle dont son cœur a deviné
la présence. Aussitôt il tombe à ses genoux, saisit avidement une de ses mains
qu'il arrose de larmes, en s'écriant: « ô
ma chère bienfaitrice, ô ma mère, je
vous revois enfin ! ! ! , .

L'arrivée d'Édouard, ses mouvemens précipités, avaient causé d'abord un saisissement de surprise et presque d'effroi à madame Midelson. Il s'en aperçut et ajouta sur-le-champ : « Je suis votre Édouard, votre enfant d'adoption. » Il n'avait pas achevé, que son ancienne bienfaitrice le pressait dans ses bras, les yeux baignés de larmes de joie ; mais ce rapide sentiment de plaisir fut comme un de ces pâles rayons de soleil qui apparaissent un instant entre de sombres nuages. La belle tête de madame Midelson se couvrit d'une expression mélancolique, quoique douce et tendre. — Cher Édouard, lui dit-elle, c'est donc vous ! Je goûte enfin un plaisir que j'attendais avec impatience. — Que vous attendiez !... — Oui, et vous le saurez..... Mais, hélas ! dois-je rendre grâce à Dieu de cet instant de bonheur ? — Je vous entends, ma mère : le moment est affreux, je le sais ; mais pourquoi avoir attendu le danger ? Et votre époux, mon digne bienfaiteur, où est-il maintenant ? N'avons-nous rien à craindre pour lui ? — Il est à l'armée : du

moins, lui n'est exposé qu'aux chances
ordinaires des combats; grâce au ciel, il
y a échappé. Ah! Édouard, vous ne savez
pas tout ce que je souffre et tout ce que je
crains encore. — Du moins, mettez vos
jours en sûreté. Pendant qu'il en est temps,
quittez une maison où plane la mort. —
En effet, la mort... Mais je ne puis abandonner cette maison... — O dieux! Et
quelle raison assez puissante?... En ce
moment, on entendit partir d'une chambre voisine un gémissement sourd et pro-
longé qui surprit Édouard. — « Mon ami,
ajouta madame Midelson, en baissant le
ton de sa voix déjà très-altérée, près de
nous est une femme bien malade, une
jeune étrangère qui m'intéresse beaucoup;
elle ne pourrait être transportée sans périr. Dois-je l'abandonner? — Ah! je connais les célestes vertus de votre âme; mais
commandent-elles un sacrifice peut-être
inutile? En restant, espérez-vous sauver
cette amie? — Je ne veux pas en perdre
l'espoir. Si vous saviez quelle est cette infortunée!... — Elle est digne sans doute

de votre généreux dévouement; et pourtant il me désespère...... Il me rendrait
odieuse celle qui en est l'objet, si...—Odieuse !... Edouard! que dites-vous? Peut-être
me bénirez-vous bientôt de ce qui cause en
ce moment vos plaintes.—Ah! pardonnez,
ma mère, à mes justes alarmes pour vos
jours.—Ce n'est pas moi, pauvre enfant,
qui puis en blâmer le motif; moi, qui
vous regarde comme mon fils; mais vous
saurez assez tôt... Après tout, vos craintes
sont-elles bien fondées? Le danger que
vous redoutez est incertain. Ces sauvages,
que nos ennemis ont eu l'imprudente
cruauté d'armer contre nous, ne montrent,
en général, de férocité que dans les combats. La vue du sang leur donne le besoin
d'en répandre. Mais ne trouvant ici que
des femmes et un vieux serviteur qui n'a
pas voulu me quitter (car j'ai fait éloigner
tous les autres hommes de l'habitation),
peut-être se borneront-ils au pillage et à
la dévastation; à moins pourtant qu'il ne
se trouve parmi eux des réfugiés, qui,
sous le nom de *loyalistes*, sont des enne-

8*

mis implacables. C'est vous, cher Édouard,
c'est vous qui courez ici un péril certain...
et qui nous y exposez nous-mêmes. Éloi-
gnez-vous donc, je vous en supplie, de
cette maison de deuil... Jugez de ce que
j'appréhende..., puisque je voudrais savoir
loin d'ici l'être qui m'est le plus cher après
mon époux. — Je ne vous quitterai pas,
ô ma bienfaitrice! Malheur à moi, si j'a-
bandonnais dans le danger, celle à qui je
dois plus que la vie. Non, jamais!.....
A ces mots, qu'Édouard avait prononcés
avec véhémence, une voix s'éleva de la
chambre voisine; on entendit le nom d'É-
douard répété au milieu de cris étouffés
et convulsifs. Ces cris le font tressaillir;
un pressentiment terrible pénètre comme
une pointe d'acier au fond de son cœur,
et tous ses membres sont couverts d'une
sueur glaciale. Il s'élance aussitôt vers le
lieu d'où est partie la voix sinistre qui a
prononcé son nom. En vain madame Midelson, portant sur tous ses traits l'expression du désespoir, veut arrêter ses pas
par un mouvement énergique; elle est

bientôt obligée de céder à ses efforts. —
« Va donc, dit-elle d'un ton douloureux,
va, malheureux jeune homme, puisque
Dieu l'a voulu. Puisse-t-il t'avoir conduit
ici pour la sauver. » Déjà Édouard était
près du lit où gisait une jeune femme
dans la période la plus terrible d'une maladie trop souvent mortelle, de la petite-
vérole...; et cette infortunée était la comtesse de Norbelles!

~~~~~~

CHAPITRE XIV.

——

LA femme si jeune et si belle, qui na-
guère se faisait admirer dans les cercles
les plus brillans de Paris, est donc maintenant mourante dans un village solitaire
de l'Amérique septentrionale. Elle y était
venue, animée par l'amour et par l'espérance, retrouver celui que son cœur avait
choisi sous l'extérieur d'une condition
obscure, et auquel elle avait juré d'unir
sa destinée. C'était pour rejoindre un
époux qu'elle avait affronté les dangers
d'un voyage lointain, la rigueur des sai-
sons, et les fléaux de la guerre.

Quelque temps après l'arrivée d'E-
douard en Angleterre, madame de Norbelles quitta la Bretagne pour retourner

à Paris, où l'appelaient ses intérêts et ceux de son cher fugitif. Quoiqu'elle n'eût guère conservé d'espoir pour l'accomplissement de ses projets de bonheur, elle n'en désirait pas moins faire révoquer l'ordre infâme dont il avait failli être la victime. Elle s'en occupait avec toute apparence de succès, lorsqu'elle reçut la lettre où Édouard lui annonçait la découverte qu'il avait faite au sujet de sa naissance, et son départ pour la Nouvelle-Angleterre. En apprenant qu'il n'était pas le fils de Pastourel, la comtesse sentit naître dans son cœur toutes les espérances qu'elle avait cherché à en bannir. Mais comment les réaliser, lorsque celui qui en était l'objet avait entrepris un long voyage, dont mille causes imprévues pouvaient prolonger le terme, et peut-être, le séparer d'elle à jamais? Voilà l'obstacle sur lequel sa pensée ne s'arrêtait qu'avec une extrême douleur. Elle ne fut pas cependant assez injuste pour condamner le motif qui avait précipité le départ de son ami. Elle trouva même du

plaisir à se le représenter au sein d'une
famille honnête, partageant le bonheur
qu'il y avait apporté; mais aussi, dès ce
moment, l'Europe devint pour elle une
terre de deuil et d'ennuis. Ses regards se
tournaient avec complaisance vers l'Amérique septentrionale, et y cherchaient une
nouvelle patrie. Enfin, bien décidée à
entreprendre ce voyage, elle fit part de sa
détermination à M. Francastel ; le bon
capitaine s'était laissé subjuguer par les
qualités aimables et le généreux dévouement de madame de Norbelles ; et de cen-
seur austère qu'il s'était montré d'abord,
il était devenu pour elle un ami sensible
et un consolateur. Cependant, il était de
son devoir de combattre le projet de la
comtesse; il le combattit donc avec force ;
mais convaincu de l'inutilité de ses efforts,
il regarda aussi comme un devoir de ne
pas laisser sa jeune amie exposée seule aux
hasards d'une entreprise imprudente. Il
résolut de l'accompagner dans son voyage.
D'ailleurs, la question qui s'agitait sur le
nouveau continent était à ses yeux plus

intéressante qu'elle ne le paraissait à la
plupart des Européens. Il sentait son sang
se réchauffer aux vieux noms de patrie,
de liberté, qui venaient, des bords de la
Delaware, retentir au fond de notre hémisphère; enfin, comme beaucoup d'autres Français plus jeunes, mais non plus
ardens, il désira combattre, sous les dra-
peaux américains, des ennemis de la France
qui croyaient trop avoir humilié nos armes.
Il fut d'autant plus disposé à se rendre à
la Nouvelle-Angleterre, qu'il devait y retrouver ses amis les plus chers, et qu'il
voyait peu de choses à regretter dans un
pays toujours soumis aux institutions go-
thiques de nos ancêtres.

Cependant, il ne voulut pas que madame de Norbelles partît au milieu de
l'hiver : ce ne fut que dans le mois de février qu'ils trouvèrent une embarcation
convenable, après avoir reçu des lettres
d'Édouard, datées de Boston. Ils arrivè-
rent dans cette ville, lorsque des Anglais
venaient de l'évacuer, et que le général
Washington y faisait son entrée triomphale

avec ses troupes. Ayant appris, chez l
correspondant d'Édouard, qu'il devai
être maintenant chez M. Midelson, ils par
tirent aussitôt pour s'y rendre. Ils furen
surpris de ne pas l'y trouver ; mais il.
n'imputèrent ce hasard qu'au temps qu'i
avait employé à la recherche de sa famille
car ils savaient qu'il s'occupait de cette re
cherche.

Le capitaine, après avoir donné quel
ques jours au plaisir de revoir son ancienne
amie, voulut absolument se rendre au corps
d'armée où était M. Midelson. Quant à la
comtesse, charmée de se trouver près
d'une femme sensible, de la mère adoptive
de son amant, elle ne craignit point de lui
ouvrir son cœur, et de lui confier tous
ses projets. Madame Midelson ne put s'em-
pêcher d'admirer le courageux dévouement de cette belle Française pour son li-
bérateur, et d'excuser un amour ennobli
par tant de sacrifices. Hélas ! madame de
Norbelles ne tarda pas long-temps à subir
les conséquences d'une entreprise au-dessus de ses forces : les fatigues d'un voyage,

si contraire aux habitudes de toute sa vie,
l'inquiétude que finit par lui causer l'absence d'Édouard; peut-être encore l'influence
du climat : tout se réunit pour la livrer aux
atteintes d'une des maladies les plus dangereuses de l'Amérique septentrionale. Le
médecin du canton ne put continuer de
lui donner des soins , connu pour un
wigh prononcé, il s'enfuit avec les autres
habitans du pays, à l'approche des Canadiens. Madame Midelson, aidée de son
ancien serviteur, homme très intelligent,
suffisait sans doute pour le traitement
d'une maladie dont les remèdes, dans les
cas ordinaires, sont, en général, connus
des Américains ; mais dans l'état où était
la jeune étrangère, sa vie dépendait plus
du hasard que des secours de la médecine : elle se trouvait dans la crise de
l'éruption variolique.

Ce fut dans cette affreuse situation que
notre pauvre ami retrouva celle qui, la
première, avait charmé son cœur, et qu'il
supposait toujours brillante d'attraits et
de grâces sur les rives de la Seine. Madame

de Norbelles avait reconnu sa voix dans un de ces momens où une somnolence agitée laisse aux sens une vague perception des choses; mais l'émotion violente qu'elle en avait ressentie avait précipité le retour d'un accès plus terrible que les précédens.

Edouard, à genoux près du lit de la comtesse, dans l'attitude d'un morne désespoir, attendait avec anxiété qu'elle dirigeât un regard sur lui, et fît entendre le son d'une voix si chère. Il voulait enfin qu'elle sentît sa présence; qu'elle pût lui dire : « Édouard, je vis encore; je veux vivre pour toi. » Vaine attente! Des regards enflammés, mais incertains, où se peignaient la souffrance et le bouleversement de ses esprits, des sons rauques et convulsifs qui sortaient avec effort d'une poitrine embrasée, voilà les seuls signes d'existence que donnât une femme qui jusqu'alors ne lui était apparue que sous des formes enchanteresses. Rien ne pouvait l'arracher à la position pénible qu'il avait prise : ni le besoin de repos et de nourriture, ni les douces prières de sa mère adoptive, ni enfin l'annonce d'un danger imminent qu'on avait justement prévu. En effet, quelques heures après son arrivée, une des femmes de la maison aperçut, à la distance d'un mille, des tourbillons de flamme qui partaient d'une ferme dépendante de l'habitation. Dès-lors madame Midelson, dépourvue de tout espoir, chercha, dans la religion et dans la force de son âme, un courage égal au danger. Après avoir fait d'inutiles efforts pour engager Édouard à fuir quand il en était encore temps, elle donna l'ordre d'ouvrir toutes les portes, et alla ensuite se placer dans la pièce d'entrée de la maison ; quelque temps après, on vit des flammes sortir de plusieurs maisons du bourg, au milieu des cris de joie féroces que poussaient les sauvages. Bientôt un groupe d'Indiens accourut vers l'habitation principale; ils y entrèrent avec précaution, tenant leurs armes prêtes à frapper ; n'y voyant qu'une femme seule, ils s'arrêtèrent de surprise; alors madame Midelson s'avançant vers celui qui parais-

sait être leur chef, lui dit, avec le calme
d'une pieuse résignation : « Frappez une
malheureuse femme sans défense, si c'est
la volonté du Roi. Dieu qui nous voit nous
jugera tous. » Les Indiens, étonnés, se
regardaient les uns et les autres, ayant
l'air d'attendre les ordres de leur chef, lorsqu'Édouard parut sur la scène, arraché enfin à son état de stupeur par le bruit qu'il
avait entendu et par le sentiment du danger que courait sa bienfaitrice. Il s'était
imprudemment armé d'un couteau de
chasse qu'il portait en voyage, et d'un de
ses pistolets ; s'élançant avec impétuosité
entre les sauvages et madame Midelson,
et jetant sur eux des regards terribles, il
leur dit en français (car lorsque l'âme est
vivement émue, on s'exprime toujours
dans la langue de sa patrie) : « Est-ce du
sang qu'il vous faut ? Versez tout le mien ;
mais si vous n'êtes pas des bêtes féroces,
épargnez la faiblesse et l'innocence. » Vingt
tawmacks furent aussitôt levés sur sa tête :
c'était fait de lui et de madame Midelson
qui était tombée éperdue aux pieds des

barbares, si leur commandant n'eût suspendu le mouvement de sa troupe, en
s'écriant d'une voix forte, dans la même
langue : « Arrêtez ! ce sont des Français,
amis des braves Canadiens (1). » A ces
mots, toutes les armes furent baissées.
Quelques sauvages seulement parurent
murmurer, et parlèrent bas à leur chef,
qui répondit, d'un ton énergique : « Tout
pour les soldats du Roi; mais ni feu, ni
sang dans cette maison, ou la foudre du
grand Manitou tombera sur vous et vos
familles. » S'adressant ensuite à madame
Midelson, il lui dit : « Il faut vous retirer
dans une partie de la maison, avec votre famille, et nous abandonner tout le
reste. Vous n'avez rien à craindre, du
moins pour votre vie. » Après cela, il em-
mena sa troupe, qui exerça librement les

(1) Les colons du Bas-Canada et la plupart
des tribus indiennes de cette colonie, parlent encore le français; ils ont toujours conservé de l'attachement à la nation qui posséda long-temps
cette contrée de l'Amérique septentrionale.

droits de la guerre dans les appartemens, et surtout dans les caves de l'habitation.

Madame Midelson, un peu revenue de ses cruelles alarmes, se rendit avec son fils adoptif près de madame de Norbelles, dont la situation était toujours la même.

CHAPITRE XV.

MALGRÉ la violente agitation qu'Édouard devait éprouver pendant la scène des Indiens, le son de voix de leur chef l'avait singulièrement frappé. Il lui semblait que cette voix ne lui était pas inconnue ; mais il cessa de s'occuper d'une circonstance bien indifférente pour lui dans un moment où son cœur était en proie à une douleur amère. Madame Midelson la partageait bien cette douleur : assise près de son enfant d'adoption, elle tenait une de ses mains dans les siennes, s'efforçant de lui donner des espérances qu'elle n'éprouvait pas elle-même. Ses soins consolans ne furent pas sans effet, puisqu'elle parvint enfin à l'éloigner d'un spectacle qui l'acca-

blait, et même à lui faire prendre quelque
nourriture. Ce fut alors qu'elle lui apprit
comment madame de Norbelles, accompagnée du capitaine Francastel, étaient
arrivés à Midels'town dans l'espoir de l'y
trouver lui-même; elle désira ensuite connaître les principaux événemens de sa vie,
depuis le moment qu'ils avaient été séparés. Édouard, toujours sensible au tendre
intérêt que lui témoignait sa bienfaitrice,
avait commencé le récit de ses aventures,
lorsqu'on vit entrer le chef des Indiens.
Ce guerrier de l'Angleterre, remarquant
l'inquiétude que sa présence causait à madame Midelson, s'empressa de la rassurer.
« Vous n'avez, lui dit-il, aucun nouveau
sujet de crainte; je dois vous avouer pourtant que mes soldats croient que vous
pouvez être, quoique Française, femme
d'un rebelle; l'état d'ivresse où ils sont
pour la plupart ne serait pas sans danger,
si je n'avais pris mes précautions. Je con-
tinuerai de veiller sur votre sûreté avec
ceux qui me sont le plus dévoués, jusqu'à
ce que je puisse les faire partir. En atten-

dant, je désirerais parler en particulier à ce jeune homme.»

Édouard, de nouveau frappé du son de voix de ce sauvage, sortit aussitôt pour l'entendre. Après un moment de silence, l'Indien lui dit d'un ton grave : «Jeune homme, je vous ai sauvé d'un grand danger ; car nous avons l'ordre de mettre tout à feu et à sang dans les provinces révoltées. Vous ne pouvez nier que, vous surtout, ne me deviez la vie. — Je n'en ai point l'intention, répondit Édouard ; je suis prêt à reconnaître un tel service : quel prix y mettez-vous ? — Aucun : j'ai rempli un devoir de la nature. *Un père est toujours père, et...*»

Grand Dieu ! Pastourel ! C'est vous ! s'écria Edouard qui reconnut le personnage dans son nouveau rôle : vous ici ! sous cet horrible déguisement, commandant des bandits !.. — Dites des soldats de l'Angleterre. Je suis lieutenant de Buttler (1).

_____

(1) Buttler et Brandt ont rendu leur nom célèbre dans la guerre de l'indépendance améri-

Au reste c'est un métier comme un
autre. Il est profitable ; et si j'ai un tort
c'est de ne pas l'exercer dans toute son
étendue ; mais moi, je n'aime pas à manier le fer et le feu sans nécessité. Ainsi
remerciez donc la providence, mon fils...
— Moi votre fils ! n'espérez plus me tromper, j'ai la preuve de votre imposture.
— Imprudent ! songez-vous que d'un
geste je pourrais vous anéantir ; mais il
y a toujours là quelque chose de paternel.
— Sous la hache de tes brigands je dirais
que tu n'es qu'un fourbe. Ah ! que n'importe à présent la vie ? la femme pour
qui je l'aurais donnée mille fois est en ce
moment aux portes du tombeau. La malheureuse comtesse de Norbelles... — Elle
serait ici ! — Hélas ! elle y est venue pour
moi : je suis son assassin. — Diable ! c'est

caine, par les cruautés qu'ils ont commises à la
tête de hordes sauvages. Ils étaient agens de
l'Angleterre auprès des Indiens ; long-temps
après la guerre, on a vu Buttler à Londres avec
le titre de colonel.

fâcheux. — Ecoutez, Pastourel, vous m'avez fait beaucoup de mal. Vous m'avez enlevé à mes parens, et réduit à une condition misérable. Eh ! bien, je vous pardonnerai ; je vous ferai tout le bien qui sera en mon pouvoir, si vous m'aidez à retrouver ma famille. Suis-je ainsi que me l'a dit en Angleterre votre propre femme ?... — Ma femme ! est-il possible ? — Oui, la Rosalinda. Un hasard heureux me l'a fait rencontrer à Londres, exerçant son ancienne profession, avec votre fils..... — Avec mon fils ! il vivrait encore ! » En prononçant ces mots Pastourel parut ressentir quelque émotion ; puis il ajouta, cherchant à reprimer ce mouvement de sensibilité, « En effet : cela peut être.... mais qu'est-ce que les liens du sang s'il n'y a pas d'attachement mutuel... Au surplus qu'ils soient heureux s'ils le peuvent... Et que vous a dit Rosalinda ? — Elle m'a dit, elle a même déclaré dans un acte en bonne forme, que vous m'avez enlevé à Londres sur la place Saint-Paul, il peut y avoir dix-sept ans. Suivant elle je

serais le fils d'un Anglo-américain nommé Nelson. — Et c'est lui que vous êtes venu chercher dans cette province ? — Oui,
après vous avoir attendu quelque temps
à Boston ; et mes recherches ont été in-
fructueuses. — Elles le seraient toujours.
Votre famille doit être en effet dans la
Nouvelle Angleterre ; mais le nom de Nelson n'est pas le sien. — Eh! quel est donc
celui qui m'appartient? Pastourel ! appre-
nez-le moi enfin. Je vous en conjure par
tout ce qui vous est encore cher au monde.
Loin d'avoir à craindre la vengeance de
mes parens , nous vous regarderons comme notre bienfaiteur. — Sachez d'abord
que je ne crains rien : que je ne tiens à
rien sur la terre si ce n'est à mon bien-
être. Depuis long-temps je vous aurais
dit la vérité si j'y avais trouvé quelque
avantage. Mais vous voyant loin de vos
parens , ignorant d'ailleurs s'ils me tien-
draient compte de mon secret , j'ai mieux
aimé me faire le père d'un jeune homme,
bien élevé qui était dans les bonnes grâces d'une riche comtesse. — Malheureux!

vous fîtes un calcul aussi faux qu'il était
cruel. Cette femme adorable, modèle d'a-
mour et de générosité aurait donné, peut-
être la moitié de ses biens pour que
j'eusse trouvé mon père dans un homme
qu'il lui fût permis... — J'entends, s...
..bleu! j'ai eu tort. Mais mon étourderie
peut se réparer. — Se réparer! Ah! pour-
rez-vous sauver les jours de madame de
Norbelles. — Que Diable! elle est jeune;
et si, comme on doit l'espérer, elle recou-
vre la santé, votre sort sera plus heureux
que jamais, puisque vous vous trouverez
en même tems plus près de votre famille.
Mais quel sera mon sort à moi? — Ah!
comptez sur les bienfaits de ma famille,
de mes amis, surtout de ma mère adop-
sive. — Comment? votre mère adoptive!
Oui, cette vertueuse femme que vous
venez de voir est celle qui m'accueillit
quand je vous quittai, qui prit les plus
tendres soins de mon enfance, madame
Midelson enfin.... — Midelson!

«Quel miracle, grands dieux! que je ne puis comprendre!»

En ce moment un des Indiens entra précipitamment, pour annoncer à Pastourel que sa troupe excitée par un déserteur américain qui en faisait partie, murmurait contre le chef, et paraissait résolue avant de partir, à se porter à tous les excès contre les habitans de la maison. Il le pria de se montrer sans tarder à ses soldats, pour les retenir dans l'obéissance. « Ce misérable Parker! dit alors Pastourel, avec l'expression de la fureur, je le trouverai donc toujours sous mes pas. Aussi féroce qu'il est lâche, il n'est envieux du commandement que pour se repaître de carnage. Je veux en finir avec ce scélérat. Il verra comment je punis qui m'offense. Tom, je te suis. Vous, ajouta-t-il en s'adressant à Edouard, gardez-vous de vous montrer; et même enfermez-vous jusqu'à mon retour. Il peut y avoir du danger; mais puisque je l'ai résolu, je sauverai cette maison, ou j'y périrai. » Le chef des sauvages sortit aussitôt laissant Edouard désolé d'un incident qui suspendait l'éclaircissement qu'il désirait obtenir, et qui pouvait avoir de funestes résultats. Livré de nouveau aux plus vives inquiétudes sur le sort de deux personnes qui lui étaient si chères, il songea aux moyens de les sauver, dans le cas où Pastourel serait hors d'état de les protéger; mais il sentait bien que si ce malheur arrivait, il ne leur resterait à tous aucun espoir de salut. S'efforçant toutefois de cacher ses cruelles alarmes à madame Midelson, il lui apprit comment il retrouvait dans le chef des sauvages l'homme qui l'avait enlevé à sa famille, et qui consentait à la lui faire connaître.

Madame Midelson charmée d'une circonstance aussi heureuse qu'imprévue, en félicita son fils adoptif avec une douce effusion de cœur. Bien persuadée qu'il n'y avait désormais rien à craindre pour leur vie, elle attendait avec impatience le retour du faux Indien. Edouard l'attendait aussi; mais avec moins de confiance dans l'issue des événemens. Il restait en proie à une anxiété dont chaque instant

augmentait la violence. Mais quelle fut
l'horeur de sa situation quand au lieu de
voir revenir Pastourel , il entendit l'air
retentir des cris que poussaient les sauvages ! ces cris se rapprochaient et devenaient plus terribles. Alors tout espoir
fut perdu pour lui. Un moment encore ,
et il se voyait périr avec ce qu'il avait de
plus cher au monde ; du moins il voulut
mourir le premier en vendant chèrement
sa vie. Dans l'agitation d'un sombre désespoir il pressa madame Midelson contre son sein avec un mouvement convul-
sif ; et fixant sur elle des yeux égarés :
« Adieu , ma mère , lui dit-il ; tout est fini
pour..... moi : je ne reverrai plus sur
cette terre , ni vous , ni celle qui embellit
quelque temps ma vie. Adieu ! En même
temps, saisissant ses armes , il se préci-
pita vers la porte. Madame Midelson ef-
frayée du trouble où elle le voyait cherchait à le retenir , pour en savoir la cause ;
elle était loin de la soupçonner malgré
le tumulte qui avait aussi frappé ses
oreilles. Mais déjà Édouard s'était échappé

de ses bras ; il s'élançait sur l'escalier pour
aller au devant des sauvages, lorsqu'il
entendit plusieurs coups de fusil. Etonné
d'un incident qui ne semblait guère se
concilier avec le projet des Indiens, il
s'approcha aussitôt d'une fenêtre ; d'où il
apperçut le feu d'une mousqueterie assez vive. Quoique la nuit approchât et
qu'un faible crépuscule éclairât seul la
scène, il vit bien qu'un corps de milices
américaines avait surpris et attaqué les
Indiens ; et que ces barbares vigoureu-
sement repoussés fuyaient en désordre
de tous côtés, laissant beaucoup des leurs
sur la place. A cette vue il sentit son
cœur soulagé d'un poids affreux. Il informa aussitôt madame Midelson du secours
inesperé que le ciel leur envoyait, en lui
apprenant aussi le danger qu'ils venaient
de courir ; mais après avoir partagé la
joie qu'il ressentait de cet heureux événement, il vint à songer que Pastourel pouvait avoir succombé dans la mêlée ou que
du moins, forcé de fuir avec les sauvages il
allait disparaître peut-être pour jamais.

9*

Notre pauvre ami se voyait donc encore menacé d'ignorer toute sa vie le secret de sa naissance ; et les nombreuses
secousses que son âme n'avait cessé d'é-
prouver depuis un jour, ne l'empêchaient
pas de sentir vivement ce nouveau malheur. Intéressé au sort d'un homme qu'il
avait d'ailleurs tant de raisons de mépriser,
il fut sur le point de se joindre aux troupes
qui poursuivaient les Indiens, dans l'espoir
de sauver les jours de Pastourel ; mais il
n'eut pas le temps d'exécuter cette étrange résolution. On entendit le bruit des
pas de plusieurs personnes qui accouraient
vers l'appartement. Le son d'une voix bien
connue de madame Midelson, vint frapper son oreille. C'était la voix de son mari;
et lui-même se trouva bientôt dans ses
bras. Il était suivi de près par M. Francastel, et quelques officiers américains. Le
capitaine apercevant son cher pupille
fit un cri de surprise et de joie. Après
l'avoir pressé quelque temps contre son
cœur, il le présenta à M. Midelson qui, à
son tour, le combla de caresses. Avec quels

transports ces dignes amis se félicitèrent mutuellement du bonheur qui les réunissait après tant d'alarmes !

Edouard partagea sans doute la douceur de cette situation ; mais elle ne fit que suspendre le poids de ses chagrins. Bientôt il le sentit retomber sur son cœur. Prenant la main de M. Francastel, et fixant sur lui des regards inquiets. « Cher capitaine, lui dit-il, ce moment qui devrait être un des plus heureux de ma vie, est bien cruellement troublé. Tous les êtres qui me sont chers ne sont pas devant vous. Tous ne sont pas hors de danger. Hélas ! madame de Norbelles.... Que serait-il arrivé? s'écria le capitaine alarmé. — Elle est malade répondit aussitôt madame Midelson, fort malade. Mais le ciel nous sera encore une fois favorable. » Aussitôt M Francastel et ses dignes amis se rendirent dans la chambre de madame de Norbelles, avec un médecin qui faisait partie des officiers américains ; dès le premier regard que celui-ci jeta sur la malade, il parut mal augurer de sa situation. Elle se trouvait

dans la période la plus dangereuse de l'é-
ruption : Cependant le médecin, après
un examen plus attentif, après s'être in-
formé de l'âge de madame de Norbelles,
et du traitement qu'on avait suivi dans le
cours de la maladie, assura que son état
n'était pas désespéré : mais qu'il ne pouvait rien prononcer jusqu'à l'issue de la
crise. Il voulut rester seul auprès de la
malade pour observer, avec plus d'attention, tous les pronostics de cette terrible
période.

En attendant qu'elle se terminât,
Édouard était plongé dans une douleur
muette, malgré les soins consolans que
lui prodiguait l'amitié. Il avait oublié
Pastourel, ou du moins ne songea-t-il point
à savoir ce qu'il était devenu. Pendant ce
temps le bon capitaine resta constamment
près de lui essayant, tantôt de lui donner
des espérances, tantôt de fortifier son
âme par l'énergique langage de la raison.

Après une ou deux heures de la plus
pénible attente, on vit entrer le médecin ;
et tous les yeux se fixèrent sur lui

avec une impatiente curiosité. Quant à
Edouard, l'expression répandue sur tous
ses traits, dans ce moment solennel, serait
impossible à rendre. On l'aurait pris pour
un homme accusé d'un crime capital qui
cherche à lire son arrêt de vie ou de mort
sur la physionomie de son juge. Le premier il devina la pensée d'un homme qui
se trouvant quelquefois, par sa profession,
placé dans la position d'un juge, s'était
appris à en avoir l'impassibilité. Il crut
voir briller l'espérance dans ses yeux : et
aussitôt élevant ses mains vers le ciel, il
s'écria : « Elle est sauvée. » Puis accourant
près de madame Midelson, il lui dit en
laissant échapper quelques larmes de joie:
« C'est vous généreuse amie, qui avez conservé des jours si chers. Je vous dois donc
encore un nouveau bienfait. Ah ! puisse
votre fils adoptif vous en payer un jour.

Le docteur, surpris des mouvemens
d'Edouard, l'observait en gardant le silence ; mais voyant que les autres personnes semblaient attendre qu'il s'expli-
quât pour se livrer à l'espérance, il s'em-

pressa d'assurer qu'il répondait de la vie de la malade. D'après son rapport, madame de Norbelles était enfin sortie de l'horrible crise qui menaçait ses jours; elle avait en partie recouvré l'usage de ses sens, et même prononcé quelques mots, parmi lesquels se trouvait le nom d'Édouard; mais son état exigeait encore la plus grande attention; il fallait surtout la préserver de toute émotion un peu vive, jusqu'à ce qu'elle pût partager, sans inconvéniens, les témoignages d'affection dont elle était l'objet.

M. Midelson profita de ce moment d'une satisfaction générale pour raconter les derniers événemens qui s'étaient passés sur le théâtre de la guerre. Il apprit à ses amis comment, après avoir échappé au désastre que l'armée d'Arnold avait éprouvé dans le Canada, il avait obtenu du général la permission de revenir dans le New-Hampshire, pour rassembler de nouvelles milices, et repousser les Indiens qui dévastaient les frontières. Il ajouta que le capitaine Francastel, quoique pressé d'accepter un grade supérieur dans le principal corps de l'armée, avait voulu l'accompagner pour venir au secours des habitans de Midel'stown. A son tour, il fut instruit de l'heureux incident qui avait préservé ses amis de la fureur des sauvages; incident sans lequel le secours des milices serait arrivé trop tard.

On vint alors annoncer à M. Midelson que le détachement qui avait été envoyé à la poursuite des sauvages venait de rentrer (1). On en avait tué ou blessé un grand nombre ; mais on n'avait pu faire de prisonniers, ou plutôt les soldats, irrités contre ces bandits, n'avaient pas voulu leur faire grâce de la vie, malgré la recommandation des chefs. Malheureuse-

_____

(1) Un peu plus tard il se forma un bataillon de jeunes gens, en grande partie Vermontois, qui, après beaucoup de fatigues et de dangers, fit une invasion sur le territoire Indien. Plusieurs bourgades furent détruites de fond en comble, et des peuplades entières dispersées. Depuis ce temps, le gouvernement anglais ne put décider les sauvages à s'armer contre les colons.

ment, on avait à regretter quelques
volontaires américains, qu'un courage
imprudent et l'obscurité de la nuit avaient
fait tomber dans les mains de l'ennemi.

Ce fut alors seulement qu'Édouard,
délivré de ses plus vives inquiétudes, s'occupa du sort de Pastourel. Il craignit que
ce malheureux n'eût péri dans l'action.
Après avoir appris à M. Francastel le genre
d'intérêt qu'il prenait à l'existence de cet
aventurier, il montra le désir de s'assurer
s'il faisait partie des Indiens restés sur la
place ; mais on fut obligé de remettre
cette recherche au lendemain.

~~~~~~

CHAPITRE XVI.

BIEN qu'Édouard eût cessé de craindre pour madame de Norbelles, il n'était point assez tranquille pour se livrer à un sommeil profond ; il veilla la plus grande partie de la nuit, impatient de connaître, d'un moment à l'autre, l'état de sa chère malade. Dès le point du jour, tout-à-fait rassuré sur l'objet de ses plus vives sollicitudes, il se mit à la recherche de Pastourel, accompagné d'un détachement de milices. Il visita tous les lieux où l'on pouvait supposer que le plomb meurtrier eût atteint quelque ennemi, mais sans retrouver le corps du chef indien. Il aurait pensé que cet aventurier avait trouvé son salut dans la fuite, s'il eût moins connu l'intrépidité de son caractère. Il savait que

Pastourel, placé à la tête d'une troupe armée, sous quelque bannière qu'elle marchât, était homme à rester le dernier sur le champ de bataille. Bien persuadé qu'il avait péri en donnant aux siens l'exemple du courage, il supposa que son corps avait échappé aux recherches, ou que ses sauvages l'avaient enlevé; il en ressentit de vifs regrets, non-seulement par l'idée qu'il perdait avec lui l'espoir de retrouver ses parens, mais aussi par le souvenir des services qu'il en avait reçus. Ces services, quoique fondés sur l'intérêt personnel, étaient des titres à sa re-reconnaissance; et il lui pardonnait, ne pouvant les oublier, les chagrins qu'il avait répandus sur sa vie.

Ces regrets cédèrent bientôt au sentiment du bonheur qui lui était réservé. Madame Midelson avait préparé la comtesse à la visite réelle de celui dont elle n'avait encore que rêvé la présence. Édouard put enfin voir revenue à la vie la femme chérie qu'un tendre dévouement avait conduite à deux doigts de la mort.

Hélas ! alors elle était méconnaissable aux
yeux même d'un amant. L'implacable
fléau de la beauté n'avait épargné aucun
point d'un visage sur lequel brillait na-
guère, avec la finesse des traits, l'éclat
des plus suaves couleurs ; mais Édouard
ne cessa point d'apercevoir, sous le masque
importun qui la couvrait, la figure ravis-
sante pour jamais gravée dans son imagination ; et puis, était-ce l'attrait seul de la
beauté qui avait charmé son cœur ? Lucie
n'était-elle pas digne encore de l'adoration
d'un homme, par les grâces de l'esprit et
l'empire des talens, par les nobles inspi-
rations d'une belle âme ? Il put donc
jouir de ce qu'il y a de plus doux dans les
épanchemens de deux cœurs qui se sentent renaître pour l'amour et pour l'espé=
rance ; et ce plaisir fut aussi délicieux qu'il
était pur. Il n'en fut pas tout-à-fait ainsi
pour madame de Norbelles : un sentiment
amer, inévitable, vint trop tôt empoison-
ner son bonheur ; elle se voyait menacée
de perdre sa beauté, ce bien si précieux
pour toutes les femmes, pour celles même

qui n'ont pas à craindre, en le perdant, l'abandon d'un amant aimé. Comment la comtesse n'aurait-elle pas été alarmée? En vain Édouard employait, pour détruire ses funestes pressentimens, le plus touchant langage de l'amour et de l'admiration; elle n'était qu'émue sans être persuadée; elle ne put recouvrer un peu de sécurité sur le sort de ses charmes, que lorsque le médecin, après avoir constaté le caractère de l'éruption variolique, lui donna l'assurance qu'elle en conserverait à peine de légères traces.

Tant de sujets de joie furent célébrés par un festin aussi splendide que pouvaient le permettre la simplicité des mœurs américaines et l'état d'approvisionnement où les guerriers canadiens avaient laissé la place. M. Midelson, qui devait bientôt repartir pour délivrer entièrement la province des bandes de sauvages qui la ravageaient, avait réuni beaucoup d'officiers et de volontaires des milices. Pendant que l'on buvait au triomphe de la liberté, à ses braves défenseurs, on fit entrer un

paysan qu'on avait trouvé enfermé dans
une maison du village, et qui avait sollicité la permission de parler aux maîtres
de l'habitation. M. Midelson lui ayant demandé si les choses qu'il avait à dire exi-
geaient du secret : « Aucunement, répondit le paysan ; et même personne ici ne
sera fâché de m'entendre ; mais avant tout,
monsieur, faites-moi donner quelques
gouttes de rhum. Depuis hier que ces coquins de sauvages m'ont enfermé, j'ai fait
une diète rigoureuse pour un homme de
mon âge. Cependant, je pourrais dire
comme Lusignan :

« Les maux m'ont affaibli plus encor que les ans. »

A ces mots, Édouard, qui jusqu'alors
n'avait prêté qu'une faible attention à ce
qui se passait, fit un bond sur son siége
en s'écriant : « Bon Dieu! c'est Pastourel. »
Par quel miracle êtes-vous ici? — Vous
le saurez bientôt, répondit le faux paysan,
après avoir avalé une rasade de rhum avec
le plus grand sang-froid du monde. «Quoi !
dit à son tour madame Midelson, notre li-
bérateur? Mon ami (ajouta-t-elle en parlant

à son mari), voilà celui qui a sauvé mes jours et ceux de notre Édouard. » En un instant, tous les convives eurent l'explication des paroles qu'ils venaient d'entendre. Pour le nouveau venu, après avoir été invité à prendre place au banquet, il ne montra qu'il s'intéressait à cette scène que par quelques-uns de ses sourires habituels, dans lesquels il entrait certainement plus de malice que de sensibilité. Bientôt on voulut savoir par quel événement le chef des Indiens avait été trouvé enfermé sous les habits d'un cultivateur américain ; et Pastourel, sans perdre un coup de dent, satisfit la curiosité générale de la manière suivante :

« Vous savez, dit-il en s'adressant à Édouard, que je vous quittai pour mettre à la raison mes soldats, qui, poussés par un lâche coquin de déserteur, avaient résolu de brûler cette maison et d'en exterminer les habitans. Vainement je fis valoir mon autorité sur eux : ils la méconnurent. Voyant que mes discours et ceux de quelques braves gens étaient inutiles, je me déterminai à employer la force

et à faire un exemple ; je tombai, le sabre
à la main, sur le chef des mutins ; et
comme il s'apprêtait à me lâcher un coup
de pistolet, je le renversai à mes pieds ;
mais alors ses partisans, furieux, se je-
tèrent sur moi, me désarmèrent en me
menaçant de me faire périr. Cependant,
ils se bornèrent pour le moment à me
donner des coups de crosse de fusil, et à
m'enfermer dans une maison du village qui
avait été abandonnée. Je ne doute pas qu'ils
n'eussent exécuté leurs projets de destruction, sans l'arrivée des troupes américaines ; mais cet heureux événement m'ex-
posait, moi, à un nouveau danger. Si
j'eusse été trouvé dans mon accoutrement
d'Indien, il est vraisemblable qu'avant
d'avoir pu m'expliquer, j'aurais payé cher
les tristes exploits des guerriers canadiens.
Par bonheur, aucun de vos soldats n'a
cherché à pénétrer dans la mâsure où
j'étais prisonnier ; j'y ai passé une nuit
assez fâcheuse, étant un peu inquiet des
suites de mon aventure, souffrant d'ailleurs des coups que j'avais reçus et de la

faim qui commençait à me talonner. Vers
le matin, j'ai songé à me tirer d'affaire;
d'abord, j'ai réussi à me débarbouiller de
la couleur que j'avais appliquée sur ma
peau pour jouer mon rôle de sauvage. Ce
n'était pas tout, il fallait encore me dé-
barrasser de l'attirail indien : à force de
fureter dans tous les coins de la maison,
j'ai mis la main sur un tas de vieilles hardes
et de lambeaux qu'on y avait laissés, et
je m'en suis affublé avec l'art que vous
pouvez remarquer; après cela, j'ai crié
pour qu'on vînt m'ouvrir ma prison; mais
ce n'a été qu'au bout de plusieurs heures
que j'ai pu me faire entendre. Enfin, de
braves miliciens sont venus me rendre la
liberté. Pouvais-je en faire un meilleur
usage qu'en renouvelant connaissance avec
d'estimables personnes auxquelles ma première apparition n'a pas dû laisser de ran-
cune contre moi? »

Après ce discours, que l'ami Pastourel
avait débité avec le ton d'une gaîté tant soit
peu cynique, il reçut les félicitations de
tous les assistans; de ceux même qui con-

naissaient d'autres circonstances de sa vie, dont il n'aurait pas retiré le même honneur.

On proposa ensuite plusieurs toasts, au congrès, à Washington, à l'armée, etc. Le ci devant officier de l'Angleterre fit raison à toutes les santés ; et il se leva pour parler à son tour. « Messieurs, dit-il, quoique lieutenant de Buttler, commissionné du général Burgoyne, je n'en suis pas moins disposé à boire en l'honneur des Américains. Je tiens fort peu à la cause que j'ai défendue ; et, pour dire la vérité, je ne sais pas encore laquelle est la meilleure. Au reste, je laisse de côté ces grands intérêts, pour m'occuper d'un brave jeune homme que j'ai affectionné au point de vouloir être son père ; mais il mérite d'en avoir un autre, et je veux lui en donner un qu'il ne sera pas tenté de renier. Messieurs, je propose un toast en l'honneur des respectables maîtres de cette maison, et de leur digne fils Édouard Midelson..... »

A ce nom, prononcé d'une voix retentissante, une grande partie des convives,

et surtout les amis de notre héros, pous-
sèrent des cris de surprise. Édouard, lui,
sentit tout son sang refluer vers son cœur;
il voulut parler, et sa voix fut étouffée :
un sentiment de bonheur aussi subit, aussi
peu attendu, l'avait accablé de sa violence;
mais bientôt une idée rapide vint amor-
tir ce sentiment, et le changer en d'amers
regrets. Se rappeler que l'enfant de madame Midelson était mort; songer que
Pastourel n'était qu'un imposteur capable
de le tromper encore, voilà l'image sinistre qui dissipa le charme de ses premières sensations : ainsi que lui, tous les
assistans, stupéfaits, paraissaient attendre
l'explication des paroles de Pastourel.
M. Midelson fut le premier à rompre le
silence. Il dit à l'aventurier, d'un ton un
peu sévère : « Monsieur, voudriez-vous
abuser du service que vous nous avez
rendu? De quelque prix qu'il soit à nos
yeux, il ne vous donne pas le droit de
vous jouer des sentimens les plus sacrés.
Plût à Dieu que ce jeune homme fût né
de notre sang! Il nous est cher, sans

doute, mais c'est comme fils de notre adoption. Hélas! la mort nous a ravi le seul
enfant que la nature nous ait accordé ;
cette perte est irréparable ; et il est cruel
de nous le rappeler. » Pendant ce discours,
les yeux de madame Midelson étaient baignés de larmes ; Édouard, qui avait senti
l'indignation succéder à tous les sentimens
qu'il avait d'abord éprouvés, s'apprêtait
à la manifester vivement à son vieil ami,
lorsque celui-ci prit la parole d'un ton assuré, mais pourtant sans insolence :
« M. Midelson, dit-il, va bientôt me juger
mieux. J'ai eu de grands torts dans le cours
de ma vie ; j'ai fait plus que des fautes ;
mais ce n'est pas aujourd'hui du moins que
je mérite le reproche de cruauté. Je le mé-
ritai une fois peut-être par une action dont
encore je n'envisageais pas toutes les
suites, ce fut lorsque j'enlevai un enfant
à sa famille ; cet enfant (le voilà sous vos
yeux) pouvait avoir quatre ans quand je
le pris sur la place Saint-Paul de Londres.
— Sur la place Saint-Paul ! s'écrièrent
M. et madame Midelson ! — Oui, et c'est

votre nom qu'il prononçait en demandant
ses parens; c'est encore le même nom qui
était gravé sur un bijou trouvé dans ses vê-
temens...—O mon Dieu! dit alors madame
Midelson pâle et tremblante, que dois-je
attendre de tes décrets? Quel espoir a descendu dans mon cœur!... Mais non : hélas! notre notre pauvre enfant est perdu
pour jamais! Insensée! n'ai-je pas une
preuve incontestable? un extrait mor-
tuaire!... » Dans ce moment, il se fit un
bruit extraordinaire dans la salle d'assem-
blée; on vit un vieillard s'agiter avec véhémence, et tomber aux pieds de madame
Midelson.—« Chère maîtresse, s'écria-t-il
en sanglottant, écoutez-moi : cet homme
dit la vérité; voilà votre fils, votre Édouard;
je le jurerai sur la sainte Bible! Ah! maintenant je mourrai plus tranquille. » Et profi-
tant du silence où l'étonnement et diverses
sensations avaient plongé les spectateurs,
le vieillard ajouta : « Oui, mes bons maîtres,
vous voyez votre enfant; vous me l'aviez
confié en quittant l'Angleterre; je devais
vous le ramener, et tout était prêt pour son

départ ; mais un jour que ma femme l'avait
conduit près d'une troupe de sauteurs et de
baladins sur la place Saint-Paul, elle eut
le malheur de le perdre dans la foule qui
s'y était rassemblée ; et depuis ce moment,
nous ne pûmes le retrouver. Ne sachant
que faire dans notre désespoir, nous prî-
mes le parti de supposer sa mort. Dans le
même temps, notre propre enfant, son
frère de lait, vint à mourir ; je le fis inhu-
mer sous le nom d'Édouard Midelson ; c'est
le certificat qui m'en fut délivré à la paroisse
que je vous ai présenté à mon retour. Oh !
voilà toute la vérité : que Dieu et mes
bons maîtres me le pardonnent ! »

Le vieillard parlait encore, qu'Édouard
et ses heureux parens se pressaient mutuellement dans leurs bras avec des transports convulsifs. Ils ne pouvaient exprimer l'ivresse de leurs sensations que par
des soupirs entrecoupés et de tendres ex-
clamations. Qui oserait donc tenter de
peindre leur félicité ? Mais aussi quel
être sensible aurait besoin d'apprendre
ce qui se passe dans le cœur d'une mère,

lorsqu'elle retrouve un fils dont elle pleu-
rait encore la perte ? et lorsque ce fils est
le jeune orphelin qu'un destin merveilleux
confia un jour à sa pitié ; qu'elle recueillit
et sauva de la misère ; auquel enfin elle
prodigua les soins et les caresses d'une
mère ; sans savoir qu'elle remplissait alors
les plus doux devoirs de la nature ? Quel
lecteur estimable ne se pénétrerait pas de
le situation d'un jeune homme honnête,
qui, après avoir été long-temps privé
d'une famille, reconnaît les auteurs de ses
jours dans ses vertueux bienfaiteurs, dans
les protecteurs chéris de son enfance? N'es-
sayons donc point d'exprimer les sentimens qui animaient, dans une telle circonstance, notre héros et ses plus chers
amis. Le bon capitaine n'en était pas le
moins heureux. A la vue du tableau qu'il
avait sous les yeux, il versait des larmes
de joie, tenant ses mains levées vers le
ciel, et attendant avec impatience qu'il
pût à son tour presser Édouard sur son
sein.

Quant à l'ami Pastourel, il examinait

cette scène, sinon avec émotion, du moins avec une sorte de plaisir qui, cette fois, se peignit sur ses traits sans aucun mélange de malignité. L'expression des sentimens purs, des pieuses affections de la nature contient un charme qui pénètre au fond de tous les cœurs. M. Francastel, quoique vivement occupé de ses amis, remarqua pourtant l'impression que le tableau de leur bonheur avait produite sur la physionomie de l'aventurier : il en fut agréablement surpris; car il jugeait sévèrement son homme; d'après ce qu'il avait appris de son caractère, il le supposait un animal tout-à-fait dépravé, en dépit même de l'humanité qu'il avait montrée dans son rôle de chef de sauvages. Aussitôt il s'approcha de lui, et lui dit, avec le ton d'une franche satisfaction : « Camarade, je vous félicite : allons ! le cœur n'est pas mort en vous; franchement, je ne vous croyais pas plus sensible que la lame d'une épée. — Je le croyais aussi, moi, répondit Pastourel; mais, que voulez-vous? *homo sum : et nil humani alienum à me puto.* Tenez,

capitaine Francastel (je vous reconnais
bien, quoique je vous voie aujourd'hui
pour la première fois), retirez-moi une quarantaine d'années, donnez-moi une bonne
éducation, faites-moi vivre dans un pays
où il y ait des lois justes et de bonnes institutions; après cela, vous verrez. — Oh!
oh! répliqua le capitaine surpris, vous
avez raison : en effet, de bonnes lois et de
sages institutions rendraient les peuples
plus heureux, les individus meilleurs...
Mais, halte-là! Nulle part il n'y a de lois
qui empêchent d'être honnête homme. »

Le plaisir qu'éprouva madame de Norbelles en apprenant le bonheur d'Édouard
ne fut pas aussi complet qu'on pourrait le
supposer : elle aurait préféré, dans l'exal-
tation de sa tendresse, que son jeune ami
lui dût son élévation et son rang dans le
monde. Or, le fils de M. Midelson, un des
colons les plus riches et les plus considérés de la Nouvelle-Angleterre, lui paraissait alors son égal; quoique née dans une
classe distinguée sur l'ancien hémisphère,
quoique jeune, toujours belle et favorisée

des biens de la fortune, elle n'osait se
croire encore digne d'une telle famille,
dans un pays où les vertus, l'austérité des
mœurs et les talens utiles étaient les titres les plus respectés : aussi refusa-t-elle
d'abord de couronner l'amour d'Édouard
par un lien qui jusqu'alors avait été l'objet
de tous ses vœux. Elle y consentit pourtant, lorsqu'elle put croire son âme af-
franchie des vains préjugés, des goûts
frivoles, de tous les sentimens factices
qui, dans les mœurs de l'Europe, paraissent être des besoins de la vie (1).

(1) Les mémoires qui nous ont servi pour la
publication de cette histoire, ne se terminent pas
à cet endroit. Ils pourraient fournir encore la
matière d'un gros volume. Mais le lecteur ne
partagerait pas sans doute le plaisir que l'auteur
paraît avoir éprouvé, dans le récit qu'il fait des
événemens relatifs à la guerre de l'indépendance,
et dans la peinture des mœurs de l'Amérique septentrionale. On a donc fait grâce au public de ces
longs détails, et l'on s'est borné à donner, en forme
d'appendice, quelques éclaircissemens ultérieurs
sur les principaux personnages de cette histoire.

10*

CONCLUSION.

———

Le héros de notre histoire resta dans sa famille jusqu'au moment où il reçut la main de madame de Norbelles. Il s'arracha bientôt de ses bras pour aller défendre sa nouvelle patrie. Après avoir contribué à nettoyer les frontières de la province des Indiens et des brigands qui l'avaient ravagée, il eut l'honneur d'être un des aides de camp de Washington. C'est auprès de cet homme immortel qu'il eut occasion de voir un illustre Français dont le nom est pour jamais associé à la gloire du héros américain. Ce Français qui n'avait guère alors, que l'âge de notre Édouard avait quitté aussi une épouse jeune et

belle, laissé tous les plaisirs d'une cour
brillante, et affronté les périls d'une pénible traversée autant pour servir la cause
de la liberté, que pour soutenir l'honneur
de nos armes. Édouard se sentit aussitôt
entraîné vers ce jeune guerrier par le
doux ascendant des vertus ornées de toute l'élégance des formes françaises. À son
tour il mérita l'estime du noble champion
de l'indépendance américaine ; et il eut le
bonheur de combattre près de lui dans
plusieurs campagnes, de partager ses
dangers et sa gloire.

Un peu plus tard, et lorsque notre ca-
binet s'étant ouvertement déclaré pour
les colonies insurgées, eût envoyé des
troupes en Amérique, il retrouva parmi
les officiers de l'armée française, son ami
d'enfance, des Boulayes. Il apprit de lui,
(et ce fut avec une véritable douleur) que
M. Dufresnay était mort à peu près aban-
donné de ses neveux qui avaient empoisonné ses derniers jours. Le jeune marquis de la Rochepolard, avait apporté sur
le nouveau continent, toute la légèreté

de son pays et de son temps ; mais il retira
de cette noble et brillante expédition,
comme beaucoup de ses compagons d'armes, plus de maturité dans les idées, et
d'élévation dans les sentimens.

Ce ne fut pas le seul de ses anciens
amis qu'Édouard eut le plaisir de retrouver en Amérique. Son heureux destin en
conduisit un autre sur cet hémisphère,
qui, comme on le verra, lui sauva probablement la vie. Si notre héros fût resté
en France, il aurait continué de végéter
dans la condition obscure où l'avait jeté
le hasard. L'injustice, et les humiliations
y auraient à la fin flétri son grand cœur ;
mais en Amérique il fut mis à sa place.
Dès la seconde campagne il commandait
un escadron. Un jour que son régiment
joint à un corps de troupes françaises,
se trouva engagé dans une action san-
glante, il fut atteint d'une balle, et tomba sur le champ de bataille, foulé sous
les pieds des chevaux et des combattans.
Quelques-uns de ses soldats parvinrent à
le dégager, et le transportèrent dans la

maison la plus voisine. Heuseusemeut la victoire était restée aux Américains. Mais la mâsure où il avait été porté se trouvait encombrée de blessés des troupes alliées, et il n'y avait alors pour les panser qu'un chirurgien - major français et son aide, qui s'occupèrent de préférence du traitement de leurs compatriotes. Cependant la situation de notre jeune officier réclamait les soins les plus prompts. La balle qu'il avait reçue était entrée fort avant dans les chairs. A peine avait-il le sentiment de la vie. Au milieu de ses douloureux gémissemens, il laissait échapper d'une voix mourante les noms de Lucie, Francastel, etc. Le hasard voulut que le chirurgien-major l'entendit. Le nom de Francastel parut surtout le frapper. Il s'approcha aussitôt du moribond, et ne put se défendre d'une douce compassion en voyant sur cette belle figure, tous les symptômes d'une mortelle souffrance. Après lui avoir doucement soulevé la tête, il lui adressa plusieurs mots en français, auxquels Edouard répondit avec de pénibles efforts.

Aussitôt l'officier de santé redoublant
d'intérêt pour lui, visita ses blessures,
sonda la plus profonde, et d'une main
habile, retira la balle qui était restée dans
les chairs. Il n'interrompit ses soins que
lorsqu'il vit le blessé hors de danger.
Bientôt ramené près de lui par une vive
sympathie, et le retrouvant dans une situation rassurante, il lui dit avec intérêt :
« Je vous ai entendu prononcer le nom
d'un Français, Francastel : serait-il votre
parent ? — Non, répondit Edouard,
c'est un ami que je chéris comme un père.
— J'ai connu étant enfant, un capitaine
du même nom, en France, à Estanville,
près de Paris. — A Estanville ! c'est là aussi que je l'ai connu : que j'ai passé mon
enfance chez M. Dufresnay. — O ciel ! se-
riez-vous cet orphelin. . . cet Edouard qui
m'était si cher ? — C'est le nom qui me fut
donné. . . — C'est donc toi ! s'écria le bon
chirurgien en couvrant le blessé de bai-
sers et de larmes ; et moi, je suis ton ancien ami Julien, qui ne t'ai jamais oublié,
qui ai tant souffert des injustices de mon

père. — Cher Morin, c'est toi que je revois, grands Dieux !...» Et alors Edouard
rendit à son ancien camarade autant de
caresses que sa situation pouvait le permettre.

Les deux amis, pendant tout le cours
de la guerre ne se quittèrent que le moins
qu'il leur fut possible. Quand elle fut ter-
minée, notre héros qui était parvenu à
un grade supérieur, détermina Morin à s'é-
tablir en Amérique, dans une charmante
habitation qu'il fit construire près de
Midelstown.

De son côté l'héroïne de notre histoire,
jadis comtesse de Norbelles, et devenue
la femme d'un simple citoyen des Etats-
Unis ne cessa de donner comme épouse,
mère, amie, l'exemple de toutes les vertus dont la nature avait mis le germe
dans son cœur.

Quant à notre misanthrope, le capitaine
Francastel, il fit toute la guerre avec l'activité d'un jeune officier français. Long-
temps il commanda un parc d'artillerie
au principal corps d'armée de Washington;

et à la paix il fut nommé gouverneur d'une
place importante sur le lac Champlain ;
mais il préféra se retirer près de ses amis
à Midelstown. Il s'éteignit dans leurs bras
à l'époque ou l'aurore de la liberté parut
luire pour la France : « Ah disait-il dans
ses derniers momens, puisse ma chère
patrie être digne de comprendre tout ce
qu'il y a de beau et de bon dans la liberté !
Puissent les Français n'en pas user comme
ces esclaves dégradés par une longue oppression , dont les mains délivrées de
leurs fers, ne savent manier que le poignard et la torche. Mais alors même tout
ne serait pas perdu pour la cause des peuples d'Europe. Si le temps de leur affran-
chissement n'est pas encore venu , ou s'ils
s'égarent en cherchant une forme de gouvernement sage et libre, il en restera
toujours une vivante image , sur un autre
point du globe. L'Amérique septentrionale
a élevé un phare dont le feu sacré doit
diriger, tôt ou tard, la marche des nations
vers le port de la liberté. En attendant ,
du moins, on pourra mépriser , si on ne

peut les confondre, ces lâches fauteurs
du despotisme, qui oseront dire encore
que le règne des lois est une chimère et
que les hommes ne sont pas nés pour être
libres. »

Après cela daignera-t-on s'informer de
ce qu'a pu devenir l'ami Pastourel ? Pourquoi non ? Il n'est pas sans doute un personnage fort intéressant ; mais il s'est
trouvé sur la route que nous avons
parcourue, il a même aidé à notre marche.
Peut-être ne sera-t-on pas fâché de savoir
quel gîte il a trouvé au bout de notre
voyage. Nous dirons donc que la famille
Midelson voulant acquitter un devoir de
reconnaissance le mit à la tête des défri-
chemens, dans les vastes terrains qu'elle
possédait. C'était le servir suivant ses
goûts que de lui confier une grande entreprise où il y avait des ordres à donner,
des travaux pénibles à exécuter, et quelquefois des dangers à courir. Aussi pa-
raissait-il heureux et sensiblement amen-
dé. On le détermina sans beaucoup de
peine à faire venir son fils et même sa

femme dont on adoucit l'humeur vindi-
cative. Tout alla bien plusieurs années;
mais un jour il disparut; et quelque
temps après on apprit qu'il était devenu
le chef d'une tribu sauvage des petits
Algonkins dans le Bas-Canada.

Vers l'année 1791, M. Edouard Midelson fit un voyage en France. Il revit avec
ravissement le village d'Estanville, et la
maison où il avait passé ses jeunes années
Comme elle se trouvait alors à vendre, il
s'empressa de l'acheter; il l'habita pendant
tout une saison; et ce fut là qu'il écrivit
ses mémoires; mais en voyant les symptômes de la terrible tempête qui menaçait
la France, il partit précipitamment pour
l'Amérique. Ses mémoires qu'il avait laissés sans doute par mégarde, à Estanville,
furent confondus, on ne sait comment,
avec les titres de la propriété. S'il vit encore, et que notre ouvrage tombe sous
ses yeux, puisse-t-il n'avoir pas à se plaindre de l'usage que nous avons fait de ses
papiers

On dit, mais sans en être bien sûr, que

lors de son dernier voyage aux Etats-unis
M. de La Fayette , si glorieusement fêté
par une nation toute entière, a remarqué,
parmi les vétérans de la liberté américaine, son ancien compagnon d'armes,
le général Edouard Midelson.

FIN DU QUATRIÈME ET DERNIER VOLUME.

OUVRAGES NOUVELLLEMENT PUBLIÉS PAR LE MÊME LIBRAIRE.

LE VATICAN, ou Portraits Historiques des Papes qui se se sont succédé sur le Saint Siège, depuis Saint Pierre jusqu'à Léon XII; [par Amand Saintes, ex-professeur du collège de Lorgues. 1 vol. in-8°, orné de deux gravures; l'une représentant le pape Clément XIV, armé de la foudre dont il frappe un jésuite renversé à ses pieds. Prix...................................... 5 fr. 50 c.

LES GRELOTS DE MOMUS, Chansonnier; par L.-T. Gilbert; avec cette épigraphe: *Malice et Gaîté.* 1 vol. in-18; titre et frontispice gravés, Prix.............. 2 fr.

SOUVENIRS D'YOUNG, Etrennes romantiques; par M. Hocquet. 1 vol. in-12. Prix .... 3 fr.

ESQUISSE du système d'Éducation suivi dans les écoles de New Lanark; traduit de l'anglais de M. Dale Owen, par M. Desfontaines. 1 vol in-12. Prix .... 2 fr.

M. Robert Owen, fondateur d'une colonie à New Lanark, a adopté une méthode d'enseignement dont il obtient les meilleurs résultats. C'est le développement de cette méthode qui se trouve dans l'ouvrage ci-dessus.

DE L'IMPRIMERIE DE DAVID, BOULEVART POISSONNIÈRE, N° 6.